揉ませてよオレの正義《ジャスティス》
3
鏡裕之
イラスト Kloah
ぷちぱら文庫
creative
paradigm
JN287007

デモニア救星団
第〇八一基地

本星の領土を守る為に、地球に設置された八十一番目の基地。ベルゼリアを筆頭に基地を守る。

アイゼナハ
庸の才能を見抜き、戦闘員に昇格させて、自分の乳揉み係にする。

インフィニア
〇八一基地の女暗黒騎士。庸の活躍で、最強部隊の座を取り戻す。

奉仕局員29号
クラリッサの救星団での姿。出世する庸に公私ともに戸惑う。

グロバリア国際学院

学校への寄付金や生徒の能力によって、特別生、優待生、一般生、修道生のヒエラルキーが存在する。

濁川《にごりかわ》 庸《よう》
一年ブロンズ組の修道生。学院では未だに底辺の扱いだが、救星団では躍進を続ける。

クラリッサ・ローズウェル

一年ブロンズ組の特別生。クラスの最上位に位置するお嬢様。

秋元《あきもと》 理奈《りな》
元ピンクポリスだが、庸に捕まりおっぱい奴隷として庸に奉仕する。

ローズスコラ

パワーアップした暗黒騎士にどうしても勝てず悩み始める。

ブルーゴージャス
弓を武器として、戦況に応じて様々な矢を使用する手練れ。

ホワイトグラス
ピンクポリスに代わって派遣された、謎多き新リーダー。

デモニア救星団壊滅を狙う正義の味方達。聖母教会を拠点にし、〇八一基地への攻撃をしかける。

セイント・エージェント

目次

序　章　全裸のプール ……………… 3
第一章　連敗のエージェント …… 8
第二章　金髪のプライド ………… 33
第三章　クラリッサの誘惑 ……… 42
第四章　作戦隊長 ………………… 74
第五章　万年奉仕局員 …………… 108
第六章　ポールシフト …………… 118
第七章　エージェント分裂 ……… 125
第八章　クラリッサ、参戦 ……… 133
第九章　蝶の痕 …………………… 165
第十章　ルミナ、決断 …………… 187
第十一章　ハーレム戦闘員 ……… 204
第十二章　正義のパイズリ ……… 244

序章　全裸のプール

クラリッサ・ローズウェルは、一人で、晴れた早朝のプライベートプールで泳いでいた。

水着は着けていない。

全裸である。

クロールで水を掻くと、水温二十六度の水が気持ちよく裸の身体を撫でていく。よく発育した乳房、くびれた腰、剥き出しのヒップ――。

着衣という拘束を投げ捨て、生まれたままの姿で泳ぐという解放感がたまらない。

誰かに覗《のぞ》かれるかも？

まさか。

この豪邸に侵入できる者はいまい。男の使用人も自分の居住エリアには近づかないことになっている。

九十八―六十―九十一のナイスバディを鑑賞できる者は、この屋敷にはいない。彼女以外には――。

プールの壁にタッチするとプールサイドに手を突いて、クラリッサは上半身を引き上げた。

現れたのは、太いミサイルが突き出したようなロケットオッパイだった。底面積の大きな白い砲弾が、挑発的に飛び出している。

男の下半身を挑発するような、垂涎《すいぜん》の突出具合だ。特大の瓜が、尖った先端を向けて胸から勢いよく迫《せ》り出している。男性の股間へ向けて発射を待つ、ミサイルバストだ。高校一年生のHカップは、下垂を知らない。

クラリッサはプールサイドに突っ伏した。豊かな双乳がたわみ、気持ちよさそうに床に広がっていく。双球が互いを押しつけ合って深い谷間を形作る。

こんなのを庸《よう》に見せてやったら、どうするかしら……とクラリッサは思った。

濁川《にごりかわ》庸。

彼女が通うグロバリア国際学院では、スクールカーストの最底辺。本来ならば、親の不幸によって進学できなかった哀れな者たちの一人——。

彼の学費も生活費も、支払っているのは自分である。いわば、彼女はパトロン、女の姿をしたあしながおじさんだ。

お返しに彼は修道生として自分に仕え、ご奉仕する。学校での朝のお出迎えに始まり、鞄持ち、放課後のお見送り。

でも、デモニア救星団では——悪の組織では——庸は格上の存在だ。

入団したのは、同じ日だった。二人とも、最下層の奉仕局員から始まった。だが、庸は瞬く間に出世して、今や基地一番の戦闘員である。明後日には、作戦隊長として初陣を迎えることになっている。

それで自分も、あれを許す気になったのだろうか……。

二週間前に、クラリッサは庸に自分の乳房を吸わせた。デモニア星の飴を舐めてしまって、母乳が止まらなくなってしまったのだ。

デモニアの飴は、人間には特殊な効き方をする。うっかり舐めてしまうと、母乳が出るようになってしまうのだ。

治す唯一の方法が、戦闘員か暗黒騎士《ナイト》に母乳を飲んでもらうことだった。そして、クラリッサは庸を指名したのだ。

自分は女王。相手は従僕。

苦渋の決断だったが、気持ちよかった。同い年の異性に乳房を見せるのもオッパイを吸われるのも初めてだったが、クラリッサは何度もイッてしまった。

今でも、あの時の恍惚を思い出すと濡れてしまう。庸には、気が向いたらまた吸わせてあげると言っておいたが、庸は一向にアプローチしてこない。

あんなに胸に見とれていたのに。

あんなに夢中でオッパイにしゃぶりついていたのに――。

クラリッサは、完全にプールサイドに上がった。白いリクライニングチェアに置かれたバスタオルを手に取って、部屋に入る。

大きな鏡の前に立った。

ほんの少し毛先のカールしたロングの金髪に、欧米人らしい、細く上品な鼻。形のよい、ふっくらした唇。

そして、むしゃぶりつきたくなるようなロケットバスト。

自分でも美人だし、いい身体だと思う。こんな美貌に振り向かない男がいるのだろうか？

抱きたいと思わない男がいるのだろうか？

第一章　連敗のエージェント

1

正義の味方は敗走しない。

そのはずだったのだが、三人のセイント・エージェントたちは、全力で暗い森の中を逃走していた。

白い上着に袴のような白いスカートを穿いているのが、ホワイトグラス。

美しいブルーのボディコンドレスの胸に、大きくハート形のホールが開いているのが、ブルーゴージャス。

タイフロント・シャツに剥き出しのおへそ、そして白いミニスカートの女が、ローズスコラ。

女性二人は見事な巨乳だった。

ゴーグルを着けて全力疾走しながら、ぶるんぶるんとバストを揺らしている。邪魔で仕方がないのだろうが、気にしている場合ではない。

乳雲寺《にゅううんじ》の私有地の森には、デモニア救星団の秘密基地の入り口がある。それを探り、敵基地を破壊するために再び襲撃したのだが、待っていたのはアイゼナハ隊とインフィニア隊の反撃だった

目下、第〇八一基地の最強小隊《チーム》である。

特に戦闘員βという乳揉み係を手に入れてから、両隊の隊長アイゼナハとインフィニアは、とんでもなく手強《てごわ》い敵に変貌していた。

今日も、その二人にやられたのだ。

デモニアとの戦闘は、指定された戦闘区域で行われる。フェンスを越えれば、非戦闘区域である。

あと少しというところで、不気味な風がすぐ近くを走ったかと思うと、

「遅い！」

赤毛の鬼娘がホワイトグラスの真横に並んでいた。

速い。

風よりも、速い。

ホワイトグラスが片手を振った。高さ一、二メートルの氷の枝が、いくつもの小枝を伸ばして数メートルにわたって広がる。

アイスフロストだ。

だが、なんということか。鬼娘は微笑みながら、氷の枝をすべて躱《かわ》して、ホワイトグラスの懐に潜り込んだ。ローズスコラが近距離でランチャーを撃つ。

矢のような速さで、鬼娘が数メートル後退する。

人間業とは思えない。インフィニア隊の隊長、暗黒騎士のインフィニアである。

「飛んで!」

ブルーゴージャスの言葉に、三人のエージェントは地面を蹴った。

だが、敵はそれを待っていたのだ。太い雷撃が三人に向かって飛び、直撃を受けて三人は吹っ飛んだ。

落ちた先は、フェンスの向こうだった。

不幸中の幸いだった。フェンスの外側は、非戦闘区域である。デモニア救星団の悪党どもも追いかけてはこない。

三人は慌てて立ち上がり、夜闇へと消えた。


十分後には、三人は細い十一階建のビルの八階にいた。聖母教会――セイント・エージェントたちの隠れ家である。

三人とも、疲労と焦燥の表情を浮かべていた。

ブルーゴージャスは、せっかくの青いボディコンの肩がめくれて肌が露出していた。ローズスコラの白いミニスカートも、先端が黒く縮れている。ホワイトグラスのスラックスも、膝小僧が完全に剥けていた。

なんとも惨めな姿であった。

正義の味方というより、敗北の兵士である。

「ぼくのアイスフロストを躱すなんて、あいつ、化け物か……」

ホワイトグラスの言葉に、

「また無重力弾を躱されちゃった……」

ローズスコラがしょげた調子でこぼした。

「前は、雷撃もあんな威力はなかったのに……」

ブルーゴージャスも、かなり疲れている様子である。

前回も、前々回も、同じような感じだった。あの戦闘員βが出てきてからというもの、ろくな結果を収められていない。特にアイゼナハ隊とインフィニア隊が合同で警戒に当たっている時は、惨敗を喫している。

「あの二人がいる時には、おとなしく引き上げた方がいいのじゃないのか」

ホワイトグラスの提案に、

「強敵だからといって回れ右をするわけにはまいりません」

ブルーゴージャスが反論する。

「じゃあ、どうやって倒す？　あいつら、化け物だぞ」

ブルーゴージャスは黙った。

妙案があるわけではない。あれば、とっくの昔に試している。

時計の鐘が、深夜の十二時を打った。正義の味方は、日付変更とともに終了する規則である。

「じゃあ、また明日」

ローズスコラが言い、

「ごきげんよう」

ブルーゴージャスは挨拶して、秘密の出口から出ていった。

一人になると、ホワイトグラスは祭壇の後ろへ歩きだした。秘密の書斎を開ける。入り口以外は、壁はすべて書棚で塞がれていた。

ホワイトグラスは書棚に歩み寄り、『バヒルの書』をひっくり返した。書棚が開いて、急な下り階段が現れた。

ホワイトグラスが階段を下りると、後ろで自動的に扉が閉まった。螺旋《らせん》状の階段を、ひたすら下っていく。

数分歩いて、ようやく扉にたどり着いた。

扉に五芒星《ごぼうせい》を描くと、ドアが開いた。その奥に、また扉が待っていた。

ホワイトグラスは、再び五芒星を描いた。

「神の国はいずこに？」

男の声が聞こえ
「母なる胸のうちに、双つの乳房の間に」

ホワイトグラスが答え、扉が開いた。入って左に曲がると、幅三メートルの黒い長机の向こうに、大人の女性が座っていた。

パリッとした紺色のデニムのストレートパンツ。パールホワイトの大きな襟の半袖ブラウス。そして、ウェーブの掛かったミディアム丈の黒髪とサングラス。

装いも大人ならば、乳房も大人だった。まるで重さ八キロのスイカを詰め込んだみたいに、胸がふくらんでいたのだ。

超乳である。

三人のマスター、エージェントAだった。関東支部の責任者である。エージェントになる時、ホワイトグラスも彼女の勧誘を受け、面接を受けている。

「さあ、愛しい子」

マスターが椅子を立って両手を広げた。ホワイトグラスは膝を突き、マスターの超乳に顔をうずめた。

顔面が完全にめり込む。

（はぁ……気持ちいい……）

　ホワイトグラスは安息と欲望を覚えた。

　正直、正義の味方なんて興味はなかった。勉強ができていれば、充分だった。でも、彼女の胸を見て、彼女に抱き締められて、翻意したのだ。

「今日も苦戦でしたね」

「はい、マスター」

　超乳に顔をうずめたまま、ホワイトグラスは答えた。

「これからも満足に戦えそうですか？」

「いいえ、マスター。三人ではとても敵いません。補充はしてもらえないのですか？」

「本部には申請しています。けれども、あなたもわかっている通り、エージェントはみだりに増やせないのです」

「残念です」

　言って、ホワイトグラスは両腕をマスターの腰にまわした。

　ぎゅっと顔を乳房に押しつける。

（はぁ……凄い……）

　マスターがホワイトグラスの頭を撫でた。

「戦いに疲れたのですね」

「はい、マスター」

確かに疲れてはいるが、甘えたいというのが本音である。さらに言うなら、欲情している。

「でも、あなたは戦わなければなりません」

「戦えません。三人では無理です。せめて、ピンクポリスがエージェントに戻ってくれれば――。彼女は復活させられないのですか？　マスターの力ならば――」

答えはなかった。

甘えすぎた？

「勇気が必要です」

ホワイトグラスは乳房から顔を離した。

マスターの言葉に、

「勇気は出しています」

「あなたの勇気ではなく、ブルーとローズの勇気です」

「彼女たちは勇敢です」

「勇敢と勇気は違います。ピンクポリスを戻すためには、最も優秀な乳揉み係をポールシフトさせなければなりません」

「ポールシフト？」

マスターはうなずいた。

「今度、ここにブルーとローズを連れてきなさい」

「はい、マスター」

答えて、もう一度ホワイトグラスは超乳に顔をうずめた。優しい手が、頭頂の髪の毛を撫でた。

2

目が覚めると、四畳半の狭い天井が濁川庸を見下ろしていた。グロバリア国際学院に進学して二カ月。

居住している修道寮の一〇一号室である。

六月の日は高い。

午前五時だというのに、すでに外は明るくなっている。

パジャマのまま起き上がると、庸はパイプ椅子を引いて灰色の事務机に座った。レポート用紙を開いて、手製の丸い駒を並べる。

黒いのが戦闘員。

白いのがホワイトグラス。青いのがブルーゴージャス。赤いのがローズスコラだ。黄色が二人の暗黒騎士――アイゼナハとインフィニアである。

昨夜も午前二時に戻ってきて、作戦を練っていたのだ。今朝もそのつづきである。作戦隊長としての初陣は、明後日に迫っている。

机の上に広げられたレポート用紙には、簡単な地図が書かれていた。D5、D4とエリアが記されている。D3と記された地域には、沼が描かれている。

(ここで、アイゼナハ様とインフィニアにブルーとホワイトを食い止めてもらって、戦闘員Aにローズを追い込んでもらって……)

駒を動かしてシミュレーションしてみる。盤上ではうまくいきそうだ。

(ブルーゴージャスが標的の場合はどうかな)

別のシミュレーションをしてみる。

デモニア救星団の目的は、地球侵略ではなく、基地防衛である。いまだにどういうつながりかは理解できないが、基地を奪われると、デモニア本星の領土が物理的に縮小してしまうそうだ。そうならないためにセイント・エージェントの攻撃から基地を守り、エージェントを倒すことが、戦闘員の目的である。

正直、地球人の自分にはあまりピンとこない仕事だ。だが、このところ、戦闘員としての仕事が楽しくて仕方がない。

学校では、庸はスクールカーストの最底辺である。みすぼらしい灰色の作業着を着て、毎日午前七時十五分に学校に駆けつけ、教室を掃除し、特別生を出迎える。そして下校時に見送る。

修道生は、学内では馬鹿にされている。

自分だって親が不幸な目に遭ったら馬鹿にできないだろうと思うのだが、集団の中で馬鹿にできる人間を探すのが、人間の性《さが》である。そして、一旦スクールカーストでのランクが決まってしまうと、変更できない。

のしあがるためには、スポーツと学業で優秀な成績を残すしかないが、修道生は部活が禁止されている。つまり、クラスチェンジはできないということだ。

だが、デモニア救星団は違う。

がんばれば、最下層の奉仕局員から戦闘員になれる。作戦隊長だって任せてもらえる。上向きの未来が広がっている。

学校ではどんなにもてない存在でも、デモニアならステキな女性とエッチできる。基地に行けば、必ずアイゼナハとインフィニアとセックスになるし、さらに元セイント・エージェントの秋元理奈《あきもとりな》のオッパイも自由にすることができる。

(そうだ、昨日は理奈が来られなかったんだ)

庸は少し残念に思った。

理奈は、現役のグラビアアイドルである。おまけに、元々はセイント・エージェント

——庸たちの敵だった。庸が倒して、戦利品——セックスフレンドにした。
倒した当初は嫌われていたが、今は違う。理奈はまったく庸のことをいやがっていないし、よく彼女から求めてくる。メールだって毎日している。奴隷と主人というより、彼氏彼女に近い。
ふいに着信音が鳴った。理奈からのメールだ。
《おはよ～っ♪　今起きたところ♪》
すぐに返事をする。
一分もしないうちに返事が戻ってきた。
《早起きして何してるの♪》
微笑みながら返事する。
すぐに返事が来た。
《今日、行けるかも♪　黒板消しながら待ってて》
欲望が込み上げた。
もちろん、学校は教育機関。発情機関ではないし、射精する場所でもない。それでも、理奈と会えると思うと、エッチなことを想像してしまう。
《楽しみにしてる！》
返事をして、庸は時計を確認した。

午前五時三十六分。

あと十五分ほどで朝食の時間だ。それまでに、もう一度戦闘のシミュレーションをやっておこう。

3

午前七時ジャスト。

他の修道生十七人とともに、庸は修道寮を出た。全員、親を失って独力では学校に通えない連中である。特別生に学費と生活費を出してもらっている。

庸は、錆だらけのおんぼろの自転車をキコキコと鳴らして学校へ急いだ。途中、交差点で停止中にケータイを確認する。

《今、電車に乗ってるところ。マリックみたいなおじさんが居眠りしてる》

理奈からのメールだ。胸がワクワクする。

庸は信号待ちの間に返事した。

《それ、おれ》

すぐ返事が来る。

《嘘つきにはお仕置きです》

午前七時十五分、庸はグロバリア国際学院に到着した。

ぼろぼろの自転車を天井のない車庫に入れて、一年ブロンズ組の教室へ走る。もう着いているかと思ったが、理奈はまだだった。

すぐにモップで床を拭いて、机を一つ一つ雑巾で拭いていく。教室の後方へ行くにつれて、階段状に床が上がっていく。

最前列の三人掛けの席は、一般生の机だ。教室の後ろ寄りの八十×六十センチの幅広い一人掛けの席は、成績五番以内か親の寄付金が五百万円以上の、優待生の席。

最後尾に一つ、二メートル幅のL字型の机が、寄付金五千万円以上の特別生《パトロン》の席だ。椅子は、一脚十万円以上のアーロンチェアである。

行方不明になった両親に代わって庸の学費と生活費を支払ってくれる特別生、クラリッサの席だ。

その特別生の席に間借りするようについている折り畳み式の机が、修道生の席だ。庸の定位置である。椅子は折り畳み式の丸椅子である。他の一般生や優待生と違って、背もたれはない。

ふいにメールの着信音が鳴った。

《誰だ、落書きしてるのは？》

黒板に顔を向けた庸は、唖然とした。

スケベスケベスケベスケベスケベ

黒板に、女の子の字で落書きがしてある。しかも、その落書きは増殖中だった。増殖させているのは、気品あふれる紫色のセーラー服の同級生だった。セーラー服の前の裾が、数センチ浮き上がっている。原因は、大きすぎる胸だった。収まりきらない爆乳が、セーラー服の裾を浮き上がらせていたのだ。

少女は、ちらりと庸を窺った。

少し垂れ目の、愛嬌のある顔だち。普通の女の子とは違う、コケティッシュな魅力。元気な双つのお下げが、ボブ丈の髪から垂れ下がっている。

同級生にしてグラビアアイドルの、秋元理奈だった。去年デビューしたばかりだが、すでに四枚目のDVDの発売が決まっている。明日からは神奈川の下田で撮影が始まるそうだ。

理奈は横目で窺って、再びスケベと書きはじめた。

(わざとやってるな)

庸は、教室内の段を下りていって、理奈の真後ろに立った。理奈は一向に気にすることなく、落書きをつづけている。

すぐ後ろで見ても、やっぱり大きいオッパイだった。公称は九十四センチHカップだが、この間、前より胸が大きくなったと教えてくれた。

庸は、ぴったりと身体を押しつけた。

落書きする後ろから、セーラー服の中に手をすべり込ませる。服の下でムチムチの乳房に手が触れ、庸は驚いた。

理奈は、ノーキャミソール&ノーブラだったのだ。

「理奈ちゃん……」

「スケベ」

理奈がさらにスケベを書き加えた。庸は欲望を込めてバストを揉みしだいた。

「あんっ」

「ブラ、どうしたんだよ」

問いながら、さらに手をすべり込ませて、豊球をこねまわす。Hカップの乳弾がぴったりと張りついてきた。若々しい十五歳の張りが、手のひらに広がる。

「知らないっ」

理奈がピクンと身体をふるわせた。

やっぱり乳房は気持ちいい。指に吸着してくる肌の感触がたまらない。

「スケべはどっち？」

「濁川クン」

庸は、思い切り双球をわしづかみにした。バストが潰れそうな勢いでひしゃげる。理奈がビクッと身体をふるわせる。

強く揉みしだかれて、感じているのだ。

学校指定のスカートにペニスを押しつけながら、庸はセーラー服の下のふくらみを揉みしだいた。自己主張の激しい乳球に十本の指を食い込ませていく。そのたびに、すぐさま若々しい反発力が指を弾き返し、気持ちいい弾力を両手にまき散らす。

（気持ちいい……）

庸は興奮した。

相手は現役のグラビアアイドルである。その爆乳アイドルの胸を、自由に揉みまわしているのだ。

「濁川クン、さわりすぎ……」

「だって、気持ちいい……」

硬くなった股間を押しつけながら、ぎゅうっ、ぎゅうっと握り締める。手の中で肉塊が充満し、指からあふれ出していく。

乳房の快感に、ペニスが膨張した。肉棒の奥が疼く。

「入れちゃおっか」

「バレちゃう」

悶えながら理奈が言う。庸はおねだりするように、乳房を揉みまわした。エッチな円を描いて、バストをこねまわしていく。

「あはんっ……はふんっ……」

「朝から誘惑なんかして」

「掃除の邪魔してるだけ……あんっ……」

「邪魔した罰」

庸は人差し指を乳首に伸ばした。ぷっくりとふくらんだ乳頭を、コリコリと弾く。

「あはぁっ……！」

理奈の身体がふるえた。ふるえながら、落書きをつづけようとする。きっと庸に、もっとオッパイをいじめてほしいのだ。

（エッチなアイドル……！）

庸は理奈の前に潜り込んだ。セーラー服を押し上げて、生乳を露出させる。

重量感のある、紡錘形のオッパイだった。下方向に向かうにつれて肥大した楕円形の乳球が、でっぷりと突き出している。乳輪は薄く大きい。豆のような乳首が、おしとやかに乳房を飾っている。

（ほんと、おっきい……）

興奮しながら、庸はバストにしゃぶりついた。吸引しながら、せわしなく舌をふるわせて乳首を叩いてやる。コリコリした肉突起が舌先に当たり、

「あぁん、馬鹿ぁ……」

理奈の手が止まった。「スケベ」の「スケ」まで書いたところで、腕がふるえている。

「理奈ちゃんのオッパイ、美味しい……」

夢中で、Hカップの豊乳を吸い立てた。高校生と思えないくらい豊かに発育した九十四センチのふくらみを、チューチューと音を立ててしゃぶってやる。

ピチャピチャと舌で乳首を叩き、乳輪ごと吸い込んでバストを吸引する。それからまた乳首を舐め、乳房を吸引する。

「だめぇ……気持ちよくなっちゃう……」

チョークを黒板に押しつけたまま、理奈が首を振った。庸はもう片方のオッパイにしゃぶりついた。吸っていた乳首を指でくりくりと責めながら、新たに咥《くわ》えた乳房を吸引し、乳首を舐める。

コリコリした乳首を舌で叩き、乳輪ごと吸引し、また乳首を舐めて吸い上げる。豊満なバストを吸引しながら、首を左右に振ってやる。

「あぁっ……それいやぁっ……」

黒板に突いた手が下がり、チョークがよれよれの白線を描いた。細い腰がひくつく。

「やっぱり入れたい」

しゃぶりながら言うと、

「だめ……お口でしてあげるからぁっ」

「パイズリしたい」

「服が汚れちゃう……」

理奈が膝を突いた。素早くジッパーを下ろして、屹立したペニスを剥き出しにする。すぐに咥えてきた。唇で締めつけて、首を上下に振る。

「あぅっ……」

「すぐイカへてあげるね」

咥えたまま言って、首をなめらかにピストン運動させる。

庸は興奮を覚えた。すでに三枚のＤＶＤを出している爆乳アイドルが、早朝の学校で同級生のチンポを咥えているのだ。

この時間帯には、同級生はまず登校してこない。でも、もし……と思うと、余計に快感が高まってしまう。

（気持ちいい……）

フェラチオとスリルの快感に、庸のペニスは反り返った。理奈のフェラチオストロークが加速した。

Hカップの豊弾が揺れまくる。たまらず、両手を伸ばして両手の餌食《えじき》にしてやる。

乳房が変形し、

「オッパイはらめ♪」

理奈が首を振ってイヤイヤをしながら、激しく吸引してきた。

（くぁっ……イキそう……）

両方の乳首に指を当てた。激しくふるわせて、乳首を弾きまくる。コリコリの突起が細かくふるえる。

「んぐぅっ……そこらめぇ……！」

くぐもった悲鳴を上げながら、理奈が首を振った。フェラチオストロークが一気に加速し、高校生のやわらかな唇がペニスを優しく締めつけた。

チンポがとけそうになった。とけそうになったチンポを、さらにアイドルの唇がしごきまくる。

（あぁっ、イク……！）

とろけそうな衝動が肉棒の中心を駆け上がり、庸はアイドルの口腔に射精した。朝一番の濁液が、爆乳アイドルの口に流れ込む。

理奈の喉が鳴った。

スクールカースト最下層の庸の精液を、アイドルが飲んでくれている。

「あぁっ……！　うぅっ……！」

悶えながら、庸はさらに射精した。ねばねばの粘液が大量にアイドルの口に噴射する。

理奈は喉を鳴らして、庸の精液を嚥下《えんか》した。

（理奈ちゃんが……飲んでくれてる……）

アイドルに精液を飲み干される快感に、庸はまた噴射した。理奈の喉が鳴り、吸引が響いた。

庸は腰を引いた。

理奈が吸引しながら、亀頭をしゃぶってお掃除フェラチオをしてきたのだ。射精した直後の亀頭は、敏感になっている。

「あぁっ……またイク……」

かまわず理奈が亀頭を舐めた。ピチャピチャと叩きながら、首を振って吸引する。

「ふぁぁっ！」

たまらず、つづけて射精した。理奈の喉が鳴る。庸は幸せと快感を覚えた。理奈は、全部精液を飲んでくれたのだ。

（気持ちよかったぁ……）

ぼうっとして、庸は教室の天井を見上げた。いつも自分が掃除をする教室。でも、今は快感の空間。

理奈は、一度ならず二度も射精を促し、精液を受け入れてくれたのだ。

ため息が洩れた。

理奈がハンカチを出して口許を拭った。トランクスにペニスをしまいこんで、ジッパーを引き上げる。

「めちゃめちゃ気持ちよかった……」

「明日からしばらく会えなくなっちゃうから」

残念そうに理奈が言った。

今週いっぱいは、理奈は撮影で帰ってこられない。庸は、立ち上がった理奈を抱き締めた。気持ちのいいオッパイがひしゃげながら、弾力をまき散らす。

また、ペニスが充血する。

「今夜、行けたら行くね」

無理しなくていいよ。

配慮の言葉を口にしようとして、庸は別の台詞に変えた。行くと言っている女の子にそんなことを言ったら、冷や水を浴びせることになってしまう。

「待ってる」

「行けなかったらごめんね」

「その時にはオナニーして過ごす」

理奈は微笑んだ。

「おれ、途中で抜け出して迎えに行こうか？」

「マネジャーに見つかったら、怒られちゃうから」

二人の関係は、もちろんマネジャーにも内緒である。庸も、誰にも話していない。理奈も、友達には話していないそうだ。

「もうお迎えでしょ？」

理奈の言葉に、庸は壁の掛け時計を見た。

午前七時四十二分。

そろそろ時間だ。

「行ってくるよ」

「うん」

庸はもう一度、ぎゅっと強く抱き締めた。理奈も、庸の背中にまわした腕に力を込めた。

第二章 金髪のプライド

1

　クラリッサは、教室で一番高い椅子に座って教室で一番高いところから、六時間目の授業を聞いていた。英語の時間は、クラリッサにとっては退屈である。

　庸はノートと教科書だけ開いて、B４の紙の上で五色の駒を動かしていた。D５、D４、D３というアルファベットと数字が見える。

　どうやら、戦術を練っているらしい。明日は作戦隊長としての初陣である。クラリッサも準夜勤だ。

（こんなに出世するなんてね……）

　クラリッサは思った。

　上半期の最優秀戦闘員として表彰されるのではないかと噂されている。表彰されると、旅行がプレゼントされるそうだ。女の子たちが色々尽くしてくれるウハウハの一泊二日らしい。奉仕局員27号は、絶対アテンダントとして志願するんだと話していた。

（不思議な関係よね）

クラリッサは思った。時代が十九世紀なら、二人は同じ館にいても出会わない関係だったはずだ。

かつてメイドが働いていたヴィクトリア時代のイギリスでは、階上と階下で世界が変わると言われていた。

階上――英語では、アップステアーズ。

階下――英語では、ダウンステアーズ。

階上の世界《アップステアーズ》は、屋敷の主人たちの世界だ。そこでは豪華な食事が振る舞われ、華やかなパーティーが開かれる。

対して階下の世界《ダウンステアーズ》は、使用人たちの世界だ。メイドたちは劣悪な環境の下で、一日中労働を強いられる。彼らは姿を見せない人とも言われる。給仕を行う上級のパーラーメイド以外、主人の前に姿を現すことはない。

自分はアップステアーズの存在。そして、庸はダウンステアーズの存在。

だが、デモニアでは逆だ。

庸がアップステアーズの存在で、自分はダウンステアーズの存在。毎週数回準夜勤をこなして、掃除と給仕を行い、戦闘練習に参加する。いくら成績を残しても、臨時戦闘員には抜擢されない。

庸はすっかり戦術シミュレーションに夢中の様子だった。すぐ隣に学園最高の美人がいるというのに、一向に見ようとはしない。

興味がないのだろうか、とクラリッサは思った。

いや。

そんなことはない。

アイゼナハとインフィニアとは深い関係にあるともっぱらの噂だ。興味は大いにあるはずだ。

自分は好みではない？

わからない。

外人はタイプじゃない？

わからない。

自分が特別生《マスター》だから遠慮してる？

そんな男には見えない。自分に怖じ気づかないし、普通にタメ口を利くし、デモニアの時も堂々としている。

（まさか、この学校にステディな彼女でもいるのかしら）

クラリッサは、教室を見まわした。聖《ひじり》ルミナ――地味な爆乳女が、庸に視線を送るのが見えた。

彼女は庸に気があるのだろうが、付き合っているようには思えない。

クラリッサは、秋元理奈に視線を向けた。

現役のグラビアアイドル。

そういえば、元ピンクローズは、グラビアアイドルという噂だった。

(彼女が?)

一瞬思って、クラリッサは首を振った。

まさかね。

彼女は四枚目のＤＶＤの発売が決まっている。わざわざ正義の味方になるとは思えない。

クラリッサは庸に視線を戻した。

庸の視線は、相変わらずお手製の駒に注がれている。

(わたしを見なさいよ)

念じてみるが、庸は戦術シミュレーションに夢中である。

なんだか憎らしくなって、クラリッサはネクタイを解いた。わざと上から三つ目までのボタンを外してみる。

庸は気づくだろうか？

一分——。

二分——。

庸の視線はずっと駒に注がれている。

(んもう)

クラリッサは庸の方に消しゴムを転がした。慌てて庸が消しゴムを拾う。クラリッサに消しゴムを渡して、すぐ座席に戻った。

思わずむっとした。

絶対自分の谷間に見とれてぽかんと口を開けると思っていたのに、庸は気づいていない。こんなにステキな谷間があるのに。

(じゃあ、もっとわかりやすくやってあげる)

終業のチャイムが鳴った。

早速生徒たちが、がやがやと騒ぎだす。庸もてきぱきと駒を片づけ、クラリッサの鞄を持った。

そこで初めて、クラリッサの胸の谷間に気づいた。

一瞬、ぽかんと口を開く。

(ほら、来た♪)

思わず笑顔がこぼれる。

「足が痛いの。おぶってちょうだい」

クラリッサは無茶ぶりをした。

「普通に歩いてたろ」

「急に痛くなったのよ。早く連れてってちょうだい」

庸は何か言いたそうに口を開き、それからクラリッサに背中を向けた。

2
（いったいどういうつもりなんだ……？）

庸は、ドキドキしていた。

車寄せまで送っていこうと立ち上がったら、クラリッサの胸のボタンが外れていたのだ。白いブラウスの襟元が胸元十センチ以上にわたって切れ込んでいる。

美しい雪肌が直接覗いている。

「早く」

急かされて、庸はクラリッサに背中を向けた。クラリッサがのしかかる。自己主張の激しい、ロケット乳が双つ、勢いよく背中を突いた。鋭い突起のついた風船が背中をツンツンと押しているみたいだ。

（すげえオッパイ……！）

たちまち、庸は勃起しそうになった。柔乳ならば、押しつけられたくらいでそれほど存在感は感じないのかもしれない。

だが、クラリッサのオッパイは欧米人特有の、張りのある硬めのオッパイだ。それだけに背中を突く力は強い。

一歩一歩歩くごとに乳房が押しつけられて、気持ちよすぎる弾力をまき散らしてくる。背中への、オッパイテロリズムである。

(やばい、勃つ……)

庸は余計に前屈みになった。

これは何かの拷問だろうか？　胸を押しつけて、おれの反応を面白がってる？

まさか。

クラリッサは意地悪な女ではない。毎日ご奉仕をつづけて、少しずつ性格はわかってきた。

少し気取ったところがあってプライドは高いけれど、意味のないプライドではない。人を素直に認めるところはある。

それに——何よりもロケット乳がすばらしい。

二週間前に初めてオッパイをしゃぶった時、特にそう感じた。本当は毎日オッパイをしゃぶりたいくらいである。

だが、理奈のこともある。アイゼナハとインフィニアのこともある。それに、おねだりしたら自分が下に見られそうで、自分からは迫っていない。

庸は教室を出た。

「疲れたから、保健室に行きたいわ」

クラリッサは、訳のわからないわがままを口にしてきた。

疲れてるのならさっさと帰れよ、と言いたくなるのを我慢して一階に降りる。保健室のドアを叩いたが、養護教諭はいなかった。

幸い、ベッドは一床空いていた。庸はクラリッサを下ろした。

「おれ、起きるまで待ってるから」

カーテンを閉めて、すぐ外に丸椅子を置いて腰掛けた。

いったい何がしたかったんだろう、と庸は思った。

こんなことをしている場合じゃないんだけどなあ。しばらく理奈は行っちゃうし。本当は理奈を見送りたかったんだけど、六時間目が最後か。ここじゃ、駒盤を開くわけにもいかないし。

こんなことなら、本を持ってくればよかったと庸は思った。そしたら、暇つぶしができたのに。

どうやって過ごそう。

筋トレをするわけにもいかないし……。

カーテンを開ける音が、逡巡を打ち破っていた。むっとしたクラリッサが、カーテンを開いていた。

「帰るわ」

足が痛いと言っていたくせに、すたすたと歩きだした。庸は慌てて彼女の鞄を持って追いかけた。

車寄せに着くと、ちょうど現れたフェラーリエンツォに乗り込んで、クラリッサは無言で去った。

(怒ってた……?)

訳がわからない。

自分自身は一番のミステリーだが、女もまた一番のミステリーだ。

第三章　クラリッサの誘惑

1

夜のプールの底がライトアップされていた。水色に輝くプライベートプールで泳いでいるのは、クラリッサである。

今夜もまた、全裸だ。

(ほんと馬鹿)

胸の中で毒づいた。

(せっかく胸を押しつけてあげたのに、馬鹿)

お膳立てはしたのだ。足が痛いと嘘をついて、保健室に連れていかせて。襲わせる言い訳をつくってあげた。

なのに。

さっさとカーテンを閉めて外に出ちゃうなんて。そこは襲うところでしょ？　押し倒して、胸を吸うところでしょ？

何よ、日本人。

ジャパニーズボーイ、ジャパニーズボーイ、ジャパニーズボーイ、鈍感、無神経、意気地無し。生真面目な紳士。

クラリッサはクロールから背泳ぎに移った。プールの中から星空を眺める。

(わたしのこと……タイプじゃないのかしら)

ちらりと思う。

(それとも、デモニア星人の方がいい……?)

いや。

それも違う。

ピンクローズは、地球人だ。それも、たぶん日本人。

(日本人の方がいいのかしら)

違うわよね、とクラリッサは思った。

あんなにオッパイに夢中だったもの。あんなにいっぱい吸ってくれて、あんなに気持ちよくしてくれたもの。

クラリッサは、庸に胸を吸われた時のことを思い出した。

母乳を搾られるまでは、本当に気が狂いそうだった。我慢できなくなってリムジンに庸を引っ張り込んで、乳房を揉まれて。

気持ちよかった。オッパイを吸われるのはもっと気持ちよかった。オッパイもオマンコもきゅんきゅんして、思い切りイッてしまった。

自分でも時々胸をさわってみるが、あんなふうに気持ちよくはならない。

庸は自分に遠慮しているのだろうか？　興味がないのだろうか？　自分よりも、アイゼナハやインフィニアやローズスコラの方がいいのだろうか？

(わたしを襲わないなんて、生意気よ)

クラリッサは思った。

こんなに美人なのよ？　普通、わたしにハマるでしょ？　毎日わたしにおねだりして、オッパイを吸わせてって言うでしょ？

どうして言わないの？　どうして襲ってこないの？

考えているうちに、またむかむかしてきた。電話で呼びつけてやろうかしらという気になる。でも、それはしたくない。

初めては、自分が誘った。だから、次は庸に誘ってほしいのだ。庸から求めてほしいのだ。

(もっと誘惑しないとだめなのかしら)

クラリッサは思った。

ノーブラで押しつけてやるとか？　きわどい服で見せつけてやるとか？

(でも、今日、思い切り胸の谷間を見せてあげたし)

これ以上、制服できわどくはできない。体操服も無理だし、スクール水着も――。

はっとした。

明日、水泳の授業がある。

(そうだ!)

クラリッサは閃《ひらめ》いた。

あれなら、さすがの庸も反応するに違いない。クラリッサはプールから上がると、先日買ったばかりの水着を取り出した。

2

古い一〇一号室の畳に寝転がって、庸はケータイを見ていた。理奈とのメールの履歴を一つ一つ追いかけていく。

理奈からの新しいメールはない。マネジャーに見つからないように、スマホは置いていくと話していた。この一週間は理奈と連絡が取れない。

物足りない気分だった。

でも、ある意味いいのかもしれない。

明日は作戦隊長としての初陣。成功しても、理奈はどういう顔をすればいいのか困るだろう。理奈の元仲間を、自分が追い込むことになるのだから。

庸はケータイを閉じて、天井を見た。テレビは数日前から故障していて、見ることができない。

ふと、クラリッサのことが思い浮かんだ。

いったい、今日は何だったのだろう。いきなり胸の谷間を見せつけて。保健室に連れていってって言って。

誘惑してた？

実は襲ってほしかった？

あのお嬢様が？　デモニアの飴を食べてオッパイを吸われた時の快感が忘れられなくて、もう一度味わいたいと思ってるとか……。

いやいやいや。

そんな馬鹿な。

きっと違う理由だ。でも、違う理由って何だろう？

庸は考え込んだ。

（やっぱり襲ってほしかったのかな……）

3

翌日——。

生徒は五時間目の授業を受けていた。世界史の授業である。

教師は古代ギリシアの話をしている。当時の奴隷というのは、今の家電のような位置づけだったと大胆なことをしゃべっている。

クラリッサは生徒手帳を取り出して、規則を読み直した。

問題はなさそうだ。

時間割を見て、いよいよ次だわとクラリッサは思った。

庸はどんな反応を示すだろうか？

隣の座席に顔を向けてみる。

庸は相変わらず駒を取り出して、シミュレーションをしていた。今夜の予行演習だ。学業よりも、悪の一員の方が本業っぽい。

(見てなさいよ。リーサル・ウェポンを発動してあげるから)

クラリッサは微笑みを浮かべた。

たぶん、庸はイチコロだろう。きっと今度こそ、自分を求めてくるに違いない。日本人の生真面目な紳士の仮面を剥ぎ取るには、これしかない。

でも、もしそれもうまくいかなかったら……？

(念のために食べておいた方がいいかしら)　今食べれば、放課後あたりには効いてくるに違いない。クラリッサは、もしものための保険——デモニア星の飴を口に放り込んだ。

4

庸もクラスメイトも体育教師も、クラリッサの水着に度肝を抜かれていた。

驚嘆と欲望の表情が、パレットの上で混ぜ合わされたみたいにぐちゃぐちゃになっている。女子生徒たちも、プールサイドで困惑の表情を浮かべていた。

数センチしか幅のない、白い布。

それがピンと張って、両肩から乳房へ伸び、わずかに乳首を覆った後、股間でV字に合流していたのだ。

体育の授業にはおおよそ似合わしくないハイレグ水着である。九十八センチHカップのロケット乳は、双つとも左右の丸みも下乳のバージスラインも、完全に露出している。水着が張っているせいで、横から見ると乳房の隆起が見える。

「ク、クラリッサさん……」

「何か問題でも？」

女王のような表情を向けて、クラリッサは金髪を払った。美しいブロンドのロングヘアが光の粒子をまき散らしたように、庸には見えた。

まるでプールサイドのスーパーモデルである。

「そ、その格好は……」

「別にかまわないでしょ？　トップレスじゃないのだし」

「しかし……」

「特別生に文句を言うの？　わたし、別に妨害行為をしていないと思うけど」

「ですが、生徒が見とれて……」

「あら。美しいものに見とれるのは当然の行為だわ」

下手《したて》に出る体育教師に対して、クラリッサはしれっと答えてみせた。さすが学園の貴族、一年ブロンズ組の女王である。

女子も仲間同士で顔を寄せて何か言いたそうな顔をしているが、食ってかかるような勇気の持ち主はいない。敢然と立ち向かうのではなく、あとでぐちぐちと陰口を叩くのが日本人である。

「今日は、庸とペアを組むわ」

クラリッサは、一方的に宣言した。教師は反論をあきらめて、笛を吹いた。クラリッサが何食わぬ顔で庸の隣に並ぶ。

（いったいどういうつもりだ……？）

庸は横目でクラリッサを見た。

白いハイレグ水着が、突出度の高いバストをかろうじて覆っている。男子たちも、クラリッサの胸を窃視している。何人かはすでに股間がふくらんでいる。

教師がペア確認を告げ、一組ずつ手を上げはじめた。クラリッサも、庸の手をつかんで上げる。

（まさか、おれに見せつけて楽しんでる？　勃起するかどうか調べて、からかってる？）

そこまで底意地の悪い女には見えなかったが……。

「先生」

優待生の白井京一郎《しらいきょういちろう》が声を上げた。

「たとえ特別生といえども、正規の水着を着るべきだと思いますが」

場が凍った。

よく言ったと褒める者。バカ、空気を読めと怒る者。スルーしなさいよと睨む者。

「特別生は暴君じゃない。規則には従うべきです」

京一郎が言う。

「あら、規則には水着を着用としか書いてなかったわよ。あなた、水着って一つしかないと思ってるの？」

「そんなはしたない水着を着ていいと思ってるのか？　立派な授業の妨害行為だ」

「どこかを大きくして言っても、説得力はないと思うけど」

クラリッサの反論に、白井京一郎が轟沈《ごうちん》した。真っ赤になって沈黙する。京一郎の股間は、隠しようがないほど派手にふくらんでいた。

「クラリッサさん、着替えてもらえると……」

体育教師の言葉に、

「着替えないわ。その代わり、プールの後片づけはわたしと庸がしてあげる」

（何っ⁉）

庸はクラリッサを見た。

クラリッサは、涼しげにウインクを返した。

教師は口ごもり、それなら……と折れた。何人かの男子から、殺気がなくなった。こんなステキなグラビアショーを消すな、と念派を送っていた者たちだ。

教師が笛を吹き、柔軟体操が始まった。

最初に庸がプールサイドに脚を伸ばして座り、屈伸運動から始める。後ろからクラリッサが庸の身体を押し――

ふいに、ムチムチのふくらみが双つ、庸の背中を突いた。

（いっ⁉）

双つのふくらみがさらに弾力をまき散らしながら広がる。非常にはっきりとしたバストの圧迫だった。

クラリッサのオッパイだった。

わざと、庸に背中を押しつけているのだ。

馬鹿。

やめろ。

勃つだろ。

庸は慌てて首をひねった。

クラリッサの表情は見えない。だが、胸はさらに接地面積を増やしながら、凶悪な弾力と快感をまき散らしてくる。

（やばっ……）

庸は乳房を避けて、思い切り身体を倒した。それがいけなかった。クラリッサはきゃんと声を上げ、さらに乳房を強く押しつけていた。

（死ぬぅ……）

双つの乳房が背中いっぱいに広がり、庸は悶えた。男子生徒は、絶対羨ましいと思っているに違いない。

（勃起したままじゃ、プールに入れない）

助けてくれぇと庸は思った。

海パンに巨大テントができちまう。

ようやくクラリッサが離れ、今度は庸がクラリッサの身体を前に押し倒した。太腿で股間を挟んで、勃起がバレないようにする。

（このまま、手をすべり込ませたら揉めるんだよな……）

思って、庸は首を振った。

やばいやばい。

そんなことを考えたら、ますます勃起してしまう。

これがプライベートプールならなぁ……と庸は思った。とっくに襲いかかっているのに。

オッパイを揉みまくっているのに。

5

クラリッサは優越的な快感を味わっていた。

男子が自分に見とれていたのはどうでもよかったが、庸が悶えているのが面白かった。

ほら。

やっぱり気持ちいいんじゃないの。

やせ我慢して。もしかして、相手がわたしだから遠慮していたの？

シャイなジャパニーズボーイ。

自宅のプライベートプールなら、もっと胸を押しつけて意地悪しているところだった。

庸はどんなふうに腰をふるわせて悶えるのだろう？

必死に我慢する？

自分を襲う？

泳ぎながら、クラリッサは庸を見た。庸は、距離をとって水を掻きながら、クラリッサに視線を送っていた。日本人特有の茶色の瞳は、彼女のバストを捉えている。

自分に文句をつけた優等生だって、チラチラと視線を向けていた。オッパイが気になって仕方がないらしい。

(嘘つきボウヤ)

クラリッサは微笑んだ。

だが——途中から余裕がなくなってきた。乳房がむずむずするのだ。ざわっ、ざわっと凶悪な快感が胸に広がっていくのである。

え？

ちょっと待ってよ。

まさか、デモニアの飴？ こんなに早く効くはずが――。

そう思うのだが、妖しい掻痒感《そうよう》はどんどん高まっていく。水に乳房を撫でられるだけで、身体がひくつきそうになる。乳房の頂点が――乳首が、むずむずする。

母乳を出したい。

思い切りミルクを噴射したい。誰かに搾られ、吸われたい。

でも、ジャパニーズボーイが大勢いる中で、そんなことはしたくない。助けを求めて庸を見たが、庸はたっぷり距離をとって泳いでいる。

気づきなさいよ。

主人が苦しんでるのよ。

そう思うのだが、庸は、今度は聖ルミナの胸を見ている。

馬鹿。

そっちじゃなくて、こっち。

（だめ……我慢できない……！）

泳ぎながら、片手で少し胸を揉んでみた。

（ひぁっ……！）

戦慄《せんりつ》が駆け抜けて、思わず立ち止まった。一瞬、母乳が水中にあふれていた。

だめだ。自分では解消できない。また、庸に搾ってもらうしかない。

でも、今すぐは無理だ。

クラリッサは室内プールの掛け時計を見た。

あと十五分――。

悶絶の時間が終わるまでは、まだ長い……。

6

絶対自分をからかっているに違いない。

そう思い込んだ庸は、聖ルミナの姿ばかり追いかけていた。スクール水着に包まれていても、ルミナの爆乳は顕著だった。

紺色の水着が、ルミナのボディを包み込んでいる。ウエストとヒップは小さいのに、胸だけは特大の詰め物をしたみたいに盛大に隆起している。そこだけエロティックな造山運動を行ったかのように盛り上がっている。

(聖さんって、スタイルいいよな……)

改めて庸は思った。

中学の時に何度ルミナの胸を想像してオナニーをしたことか。

水着の上から眺めているだけでも、乳房が高く、勢いよく前に突き出しているのがわかる。クラリッサみたいなロケット乳かもしれない。

いったいいくらあるのだろう？

九十五センチは確実だよな、と庸は思った。Gカップ？ Hカップ？

いや。

Iカップぐらいあるんじゃないかな。

ルミナが視線に気づいた。慌てて視線を背ける。

（バレた？）

バレたかもしれない。結構しつこく見ていたから。

（理奈ちゃんがいればな……）

庸は思った。

そしたら、理奈ばかり見ているのに。授業が終わった後、いつものように理科準備室でオッパイをさわって、パイズリしてもらうのに。

体育教師が笛を吹いた。

プールを出て男女が整列する。次々とバディ確認をして、ペアが成立していることを確認する。溺れた人間はいない。

（おれは若干、オッパイの魅力に溺れてるけど）

庸は横目でクラリッサのバストを窺った。

やはり、でかい。

真横から見ると、水着がピンと張っていて、乳房からウエストまで浮いているのがわかる。手をすべり込ませたら、簡単にオッパイを揉める。

いきおい、庸は襲いたくなった。

もちろん、襲いはしない。襲ったら、人生の終了フラグ成立である。

教師が挨拶し、生徒たちが散開した。次は昼休み、早弁の連中はグラウンドでサッカーを、そうでない連中は教室で弁当を食べるつもりなのだろう。

「職員室へ戻ってくださって結構よ」

クラリッサが体よく体育教師を追いやった。生徒はほとんどプールサイドから消えている。

(まさか、おれ一人で片づけるってことはないよな？)

庸はクラリッサを見た。

だが、クラリッサはおとなしくプールに入った。片づける気はあるようだ。庸も足からプールに飛び込んだ。

一カ月ほど前に、理奈ちゃんとここでエッチしたよなあ……と思い出す。あの時は、まだ理奈は現役のセイント・エージェントで、情報収集のために庸に近づいてきたのだ。そのために水着の上から乳房を吸わせ、フェラチオをしてくれた。

クラリッサにも同じことをする？

庸はプールサイドを窺った。

生徒たちはもういなくなっただろうか？　誰も見ていないのなら——襲う？

いやいや。

さすがにまずい。

相手は自分のパトロン——学費と生活費を出してくれている相手なのだ。

「あなた、そっちから片づけてちょうだい」

クラリッサが命令した。

（うれしいハプニングはなしか）

庸はブルーシートを取り出した。左を見ると、クラリッサもシートをつかんでいる。二人、同時に引っ張り出した。

が——。

途中でシートが重くなった。

答えの代わりに、背中に胸が押しつけられていた。

（なんで？）

「うわぁっ……！」

変な声は、快感に呑み込まれた。柔軟体操の時に背中をくすぐったあの双つのふくらみが、思い切り背中を突いていたのだ。それで、シートが重くなったのだ。

「おまえ――」

クラリッサの手が庸の胸に伸び、さらに肉弾が背中でひしゃげた。凄い反発力が弾ける。ごうと欲望が唸った。

生徒がいるから我慢していたが、今はプールサイドに生徒の姿はない。

「むっつりスケベ」

クラリッサが耳元で囁いて離れた。

庸は振り返った。

クラリッサは背中を向けて、ちらりと庸を見た。

(こいつ、誘ってる……!)

庸は確信した。

自分をじらして楽しんでいるのかと思っていたが、違う。ずっと、さわってとサインを送っていたのだ。

庸は、クラリッサの背中に近づいた。

白いハイレグ水着の紐が背中を走っている。肩に向けて二本のラインに分かれている。その先は、ミサイルみたいに突き出した乳房だ。

庸は後ろから、クラリッサに襲いかかった。ハイレグ水着の下に、いきなり手をすべり込ませた。

「あんっ！」

双つのロケットバストを握り締めたとたん、すばらしい弾力がほとばしっていた。クラリッサが甘い声を上げて、胸を突き出す。

「スケベ……」

「誘惑していたくせに」

「あら、普通よ」

クラリッサがしらばっくれる。庸は充血したペニスを押しつけながら、思い切り揉みまくった。

勢いよく前方に突き出したロケット乳を、両サイドからぎゅうぎゅうと搾りまわす。両手で圧搾して、さらに前へと突き出させてやる。

尖った乳球がさらに尖り、エッチなミサイルとなって迫り出した。

「あはぁぁっ！」

ふいにクラリッサが激しく反り返った。乳房を突き出し、ふいに痙攣したかと思うと、水面にミルクのシャワーを放っていた。

庸は言葉を失った。

これって……。

「おまえ、また飴食べたのか？」

「早く効きすぎちゃった……」

クラリッサが艶笑を浮かべる。絶頂を味わって、目がとろんとしている。

庸は激しい欲望を覚えた。

後ろからクラリッサのバストを搾る。乳牛のように搾りまくる。乳房が両手の中で激しく反発し、変形した。歪《ゆが》み、たわみながら指の間からあふれ出し、派手に射乳する。

ぷしゃぁ、ぷしゃぁっ。

エッチな音が洩れ、プールの水面に母乳が波紋をつくり、温水を白く濁らせる。

「あぁっ！　あぁぁぁぁっ！」

搾られるたびに、クラリッサは胸を突き出して身をふるわせた。ビクッ、ビクッと上半身が痙攣する。

庸に乳を搾られて、イキまくっているのだ。

本当に揉み応えのあるバストだった。ロケットみたいに尖っていて、揉めば揉むほど張りと弾力が手を弾き返してくる。

（もっとオッパイ犯したい……！）

庸は高速でバストを揉みまくった。ぐいっと指を食い込ませて乳を搾り、また握力を緩めて鋭く指を食い込ませる。それを立て続けに何度も何度も、ハイピッチでくり返してい

く。

「馬鹿、揉みすぎよぉっ、あはぁぁっ！」

クラリッサは左右に首を振り、肢体をひくつかせた。面白いほど、ハイレグ水着の肢体がピクピクと跳ね、イキまくる。

本当にたまらないオッパイだった。バストと絶頂がほぼ直線的につながっている。強く揉めば揉むだけ敏感にクラリッサが反応し、射乳しながら絶頂に達する。

「だめぇ……立ってられない……」

「我慢しろよ」

「無理ぃ……気持ちよすぎる……」

「こっち向け」

クラリッサが庸にしがみつく——だが、それよりも早く、庸はしゃがんで乳房に吸いついていた。

吸引の音とともに、激しい悲鳴が洩れる。

「声、聞こえるだろ」

「だって、気持ちいいの」

「お嬢様だろ」

「お嬢様でも、気持ちいいのは無理よぉ」

「じゃあ、喘いでろ」

庸は激しくロケット形のオッパイを咥え込んだ。ミサイル乳をちゅ～っと吸引する。

クラリッサが悲鳴を上げて、抱きついてきた。

乳房に押しつけられて、噎《む》せそうになる。幸せな窒息感だ。

母乳が口腔で噴射し、甘美な蜜乳があふれた。喉を鳴らして、同級生のミルクを飲み込む。

「あはぁっ！　だめ、気持ちいい……」

クラリッサの腰が躍った。上半身から下半身へ、下半身から上半身へと身体がくねっていく。

庸は両方のロケット乳をこねまわしながら、母乳を啜《すす》った。

ちゅ～っ、ちゅ～っと唇で強く締めつけるたびに、若々しい母乳が噴射してくる。と同時にクラリッサの肢体がうねり、甘い声が洩れる。

「またイッちゃう……！」

クラリッサの手が庸の後頭部を抱き締めた。母乳が噴射し、クラリッサの身体が激しくふるえた。

またオーガズムに達してしまったらしい。

「今日は右のオッパイしか吸ってやんないから」

「いやぁ、両方吸ってぇ……」

クラリッサが懇願してきた。

「じゃあ、これから毎日オッパイさわらせるか？」

「いやよ」

「なら、吸わない」

「吸ってぇ、毎日さわっていいからぁ」

クラリッサが甘い声でねだりながら、乳房をこすりつける。庸は、まだ吸っていない方の乳房にしゃぶりついた。

ムチムチしたロケットバストの乳肌が顔に密着し、張りつく。プールの水で濡れているが、むっちりしていて、温かい。

(はぁ、クラリッサのオッパイ……！)

思い切り欲情しながら、顔を押しつけて庸はオッパイを吸った。激しく吸引してミルクを飲み込み、また吸引して母乳を飲む。

「あぁっ！　くぁっ……！　あぁぁっ！」

間歇《かんけつ》的にクラリッサの身体がふるえ、絶頂にひくつく。デモニアの飴は、相当人間の女をイキやすくするらしい。

庸は両方の乳房を真ん中に寄せた。乳首をこすり合わせる。

「あっ、あぁっ……」

クラリッサが鼻の穴を広げる。

庸は舌を近づけた。

「いやっ、それ、イッちゃう」

「まだミルク出るだろ」

「いや、イク」

「じゃあ、イケ」

双つの乳首に舌を押し当て、バストを揺さぶった。乳房が揺れまくり、乳首が舌にピチャピチャと当たる。庸も舌を上下にふるわせて、乳首を叩く。

「あぁっ、あぁぁぁっ！」

クラリッサが左右に首を振った。ピクンピクンと半裸の身体をふるわせる。

たまらず庸にしがみついてきた。

その瞬間、双つの乳首を吸い込んだ。両方いっぺんに搾乳してやる。

「あぁぁぁぁぁぁぁぁっ！」

長い悲鳴が起こり、クラリッサの肢体が痙攣した。今度の絶頂は長い。ビク、ビク、ビクと三度、そしてさらに四度ふるえる。

「あはぁっ……またイッたぁ……」

クラリッサが泣きそうな声を上げた。本当に胸が感じてどうにもならないらしい。

庸も、破裂しそうだった。

エッチな喘ぎ声を聞かされて、ペニスはすっかり膨張しまくっている。

「もう立てない……」

弱音を吐くクラリッサに、

「プールサイド」

命じて、庸はプールサイドに上がった。クラリッサはふらふらしている。庸は梯子《はしご》からクラリッサの腕をつかんで引っ張った。

倒れそうになる。

庸は抱き留めて、それからプールサイドに座らせた。

「もう、ミルク全部出たかしら……」

「正座して」

「どうして？」

「いいから」

クラリッサが正座すると、庸は太腿に後頭部を乗せた。いわゆる、膝枕である。

双つの乳房が、南国の果実みたいにぶら下がっている。先端が尖っているのがいやらしい。本当にエッチな豊球だ。

庸は下からオッパイにしゃぶりついた。

あぁっとクラリッサが声を上げる。ミルクが口腔にほとばしった。

「オチンチン、しごいて」

「いやよ……」

「しごかないと、吸ってやらない」

口に含んだまま、吸引を中止してやる。クラリッサはすぐにあきらめて、庸の海パンに手を伸ばした。

海パンを下ろして、ペニスを取り出す。それから、不器用にしごきはじめた。

男のペニスを握るのは、クラリッサには初めてのことだった。前回、パイズリはされたが、手にはしていない。

(こんなに太いの？　こんなに硬いの？)

驚きの連続である。

だが、驚いてばかりもいられなかった。庸がひっきりなしにオッパイを吸ってくるのだ。

(だめ、イク……！)

快感の粒子が収束し、オマンコとオッパイがじゅんじゅんして、クラリッサは首を振った。

庸がくぐもった声を上げる。

クラリッサは必死にペニスをしごいた。軽く握ったまま、手を上下に往復させる。

呻きながら、庸はさらにバストに吸いついてきた。ぬるぬるの舌が乳首に張りつき、口腔が乳房を狭搾する。

ぴゅ～っ、ぴゅ～っと乳汁が飛び出すたびに気持ちよくてイキそうになる。

(だめ、イク……！)

顎を上げ、天井を見た。目をつぶり、必死にペニスをしごいた。庸が左右に腰を振った。んぐぅ、んぐぅっと声を洩らす。

(え……？)

つづいて庸の腰が突き出され、俊敏に痙攣したかと思うと、突然どろどろの噴水が上がっていた。ぴゅっという発射音とともに、間欠泉のように噴き上がる。

「きゃっ！」

思わずかわいらしい声を上げてしまった。

人生、初めて見る射精である。

手にかかった精液が熱い。なんだか不思議な粘液だ。

「気持ちよかったの……？」

思わず声をかけた。

「すげえ気持ちよかった……オッパイ吸いながらしごかれるの、気持ちいい……」

手を動かしてみた。

「うぁっ……敏感になってるから」

庸が腰を躍らせる。

「敏感になってると、どうなの？」

「ヒクヒクする」

「こうすると？」

ペニスをしごくと、庸が呻いた。腰をひくつかせる。

「オッパイ、全部出たかな？」

「まだ少しだけ残ってるかも……」

庸が再びしゃぶりついた。思わずまた身体をひくつかせてしまう。

「だめぇ……」

庸のペニスを握ったまま、痙攣した。絶頂に貫かれて、ビクビクと身体をふるわせる。

気持ちいい。

やっぱり庸は気持ちいい。

「おまえ、おれを誘惑ひたろ？」

庸に聞かれた。

「し、知らない」

「誘惑ひたろ？」

しゃぶりながら尋ねる。クラリッサは首を振った。庸の舌が回転して乳首をえぐる。

（それ、だめぇ……！）

身をよじって逃げた。

逃げきれなかった。執拗《しつよう》な吸引が乳首に襲いかかっていた。

（吸い出されちゃう……！）

快感と同時にミルクが駆け上がり、クラリッサは絶頂に達していた。庸の喉が鳴り、さらにバストを吸引する。

「馬鹿ぁ……もう全部出たぁ……」

前屈みになって、また痙攣する。乳房を押しつけられたまま、庸が執拗にバストを吸引する。

（だめ……！）

再びクラリッサは絶頂に達した。庸も呻き声を上げて射精する。また熱い濁液が手に掛かる。

ようやく、庸が乳吸いをやめていた。ようやく母乳を吸い尽くしたらしい。

庸がハァハァとを息をついていた。顔の表情が輝いている。

「おまえのオッパイ、すげえ美味しい」

クラリッサは微笑んだ。

ほら。

わたしのオッパイ、気に入っているんじゃない。

「アイゼナハとインフィニアは出るの?」

聞いてみた。

「母乳? 出ないよ」

「そ」

自然とクラリッサの声は明るくなった。

あの二人、出ないんだ。じゃあ、わたしのオッパイしか吸えないんだ。

優越感が込み上げる。

「じゃあ、また気が向いたら飴を舐めてあげる」

「舐めるなって」

「舐めてほしいくせに」

「そりゃ……オッパイ飲めるからいいけど」

ぽろりと庸が本音を言った。クラリッサは目を細めて、笑みを洩らした。

第四章 作戦隊長

1

黒いメイド服に身を包み、白い蝶眼鏡を着けると、クラリッサは鏡の中の自分を見つめた。

奉仕局員29号。

それがデモニア救星団での名前だ。学校では女王の彼女も、深夜十二時までは最下層の奉仕局員になる。

鏡を覗き込むと、今日はいい感じの顔だった。目元が笑っている。

やっぱり庸は気持ちよかった。

庸にオッパイを吸われ、母乳を飲まれて何回もイッてしまった。吸い方が上手なのだろうか？　それとも、身体の相性？

今日は思い切り濡れてしまった。途中であそこがむずむずしてたまらなかった。指であそこをいじめてほしかった。あとで更衣室でハイレグ水着を脱いだら、ぬるぬるの糸が尾を引いていた。

　クラリッサは処女である。

　同級生の半数は、すでに体験を済ませてしまっているようだが、別に気にはしていない。自分は自分である。

　ただ、ステキな初体験をしたいと思う。気持ちのいい初体験。幸せな初体験。

　初めては痛いみたいだ。

　異物感と圧迫感ばかりで、快感とは無縁らしい。けれども、相手がよければ、そして、慣れてくれれば、凄く気持ちいいみたいだ。ネットで体験談を検索してみたら、とろけそうだったと書いている子がたくさんいた。

　自分の身の回りの世話をしてくれるメイドに聞いたら、最初は痛いけれど、それからは天国ですと話していた。

　まるで十九世紀の小説みたいな返事だった。

　そういえば、十九世紀のイギリス文学にも、自分と同じクラリッサという名前のついた小説があったっけ。結婚を避けようとして放蕩《ほうとう》男の手引きで家出をしたら、結局その男にやられちゃう話。

　バージニア・ウルフの名作『ダロウェイ夫人』の主人公は、クラリッサ・ダロウェイだった。あっちは別に犯されないけど。

自分の初めての相手は誰だろう？

未来の大学生？　あるいは御曹司？　あるいは——。

クラリッサは奉仕局員専用の更衣室を出た。待機所に入ると、ちょうど二人を残して、全員の奉仕局員が出かけようとしているところだった。

「遅いぞ。これから訓練だ」

奉仕局員2号が言う。いつもの戦闘訓練——ナムボールと拘束ボールを、女の形をしたウーマンターゲットに当てる訓練だ。

また退屈な訓練かとクラリッサは思った。全弾命中させても、自分が臨時戦闘員に抜擢されることはあるまい。

地下二階のトレーニングルームでは、すでにインフィニアと戦闘員Dが待っていた。庸の姿はない。女性の形をした射撃の的、マンターゲットならぬウーマンターゲットが並べられている。

戦闘員Dが笛を吹いた。奉仕局員たちが集合する。

「最初にナムボールを持って、互いに四メートルずつ離れろ」

クラリッサもナムボールのダミーを持って、ウーマンターゲットの前に立った。距離は約八メートル。

「笛を吹いたら、敵の攻撃を回避するイメージで右横に一回転して、ボールを投げろ」

戦闘員Dが叫んだ。

笛が鳴った。

すぐに右に飛んでぐるりと回り、ナムボールを投げる。

命中。

また笛が鳴り、今度は左に飛んで回り、またナムボールを投げる。

また命中。

「ボールを補充」

戦闘員Dが言い、皆がボールを補充する。

全員が戻ると、戦闘員Dが笛を吹いた。再び右に、左に回転してナムボールを投げる。

クラリッサは全弾命中だ。

すぐ隣では、奉仕局員27号も踏ん張っていた。Fカップの巨乳を弾ませながら、熱心にボールを投げている。

女の投げ方ではない。

確か、中高と六年間ソフトボールをやっていたと聞いたことがある。今は女子大で遊び惚けているらしいが——。

「集まれ」

戦闘員Dが召集し、奉仕局員たちが集合した。

「練習ご苦労！　本日は、我が隊長インフィニア様より重大な通達がある！」

戦闘員の言葉につづいて、インフィニアが前に出た。

赤い瞳で一同を見渡す。

「本日は、一人、臨時戦闘員を召集する」

臨時戦闘員？

自分が指名されるはずがないのに、期待してしまった。

まさか、自分が呼ばれるのだろうか？

それとも――。

「奉仕局員27号、前に出よ！」

クラリッサの隣で女子大生が騒ぐ。整列した前に出る。

「本日、我がインフィニア隊の臨時戦闘員として、参戦を命じる。戦闘服を取りに来い。以上。解散！」

奉仕局員たちは一斉に散りはじめた。自分たちが投げたボールを回収して、さっさと出口へ向かう。

クラリッサはため息をついた。

ほらね。

こうなのよ。

自分でもわかっていたはずなのに、自分が指名されるかもって思うなんて。

わたしも、相当馬鹿ね。

最後尾でトレーニングルームを出る。階段を上がり、通路を曲がったところで、戦闘員姿の庸と爆乳ナースが話しているのが見えた。

ルクレツィアという名前だったはずだ。

胸の大きく開いた、桃色の看護服の前が、盛大に張り出している。たっぷりと充満したバストが、ナース服を押し上げている。丈の短いワンピースと白いハイソックスの間から、健康的な太腿が覗いている。

大きな胸、とクラリッサは思った。

自分と同じHカップだろうか。それとも、Iカップ？　デモニア星人はスタイルがいい子が多いようだ。

「がんばってね」

ナースが目をキラキラさせながら、エールを贈る。

「怪我したら、またよろしく」

「うん、思い切り手当てしちゃう♪　がんばってね♪」

ナースが庸の腕をつかんで、胸に押し当てた。庸はうなずいて、ナースと別れた。別に二人が付き合っているわけではないのに、ため息が出た。

2

夜の九時半だというのに、ルミナの母親はパートから帰っていなかった。今の日本——特に首都圏では、専業主婦は有閑マダムの別名だ。余裕のある人だけが専業主婦になれる。階段を上がって自分の部屋に入ると、今日もあまり話せなかったな……とルミナは思った。

中学の頃から、ずっと庸に片思いをつづけている。なぜ好きなのかと言われてしまうと、困ってしまう。好きだから、好きなのだ。

庸とは、中学三年の時に同じクラスになった。

その頃は自分の胸はまだFカップで、庸の両親も行方不明ではなかった。元気に喫茶店を経営していた。

都会でもないのにブルーマウンテンを千円で出しているお店だった。庸は、よくコーヒーの話をしていた。

本物のブルーマウンテンと、なんちゃってなブルーマウンテンの違い。ブラジルの苦み。コロンビアの、爽やかな軽い酸味。

《ただポットで注げばいいってわけじゃないんだから》

コーヒーの淹《い》れ方について語った庸の台詞と、庸の手の甲にあった蝶のような火傷の痕は、不思議と残っている。お店が潰れなければ、後を継ぐつもりだったのだろうか。

まともに話をしたことがないので、わからない。ただ、中学三年生の一月に深刻な表情をしていたことは覚えている。

翌月の二月に両親が行方不明になった。親戚はなく、一時的に庸は担任の部屋に寝泊まりしていた。

《仕事は探してるけど、このご時世だから全然見つからない。コンビニも雇ってくれない》

暗い顔でそう話していたのを覚えている。

何とかしてあげたかった。

自分の家に呼ぶ？

それとなく母親に相談してみたことがあるが、大変だろうねえの一言だけだった。

このまま別れてしまうのだろうか。

永遠に会えなくなってしまうのだろうか。

そう思っていただけに、三月に庸がグロバリア国際学院に通えることになったと聞いた時にはうれしかった。

願いは叶えられた。エージェントになった甲斐があった。

さらに進学した四月には、サプライズが待っていた。

庸と同じクラスだったのだ。

だが、そのサプライズを活かしきれていない。何度か話をして、何度かおにぎりをあげただけだ。デートに誘ったこともないし、いっしょに帰り道を歩いたこともない。

友達には忠告された。

あまり修道生には話しかけない方がいいよ。ランクの低いやつだって思われて、女子から仲間外れにされるよ。

でも――。

ルミナは、引き出しから集合写真を取り出した。中学三年生の時に撮影したものだ。自分の右斜め上に、庸がいる。

「庸くん、行ってくるね」

言って、ルミナは赤面した。

3

黒い戦闘服にゴーグル付きの仮面を着けて、庸は二隊共同の控室に整列していた。庸を含めて正規の戦闘員七名に臨時戦闘員一名。

この一カ月ほど庸とメールをつづけている女子大生、奉仕局員27号だ。インフィニア隊が採用したらしい。本名があずみということは、二週間前に教えてもらった。

隊列の前には、アイゼナハとインフィニアが立っていた。これから訓示を行うところである。

（緊張するなあ～）

庸は大きく息を吐き出した。今日は記念すべき「初陣」だった。自分が立てた作戦で、初めて二つの隊が動くことになる。

作戦隊長に命じられたのは、三日前のことだった。

庸の呼びかけで自主的に隊の休憩室で反省会をすることになって、ボードに色々と書き込みながら戦術を練っていたら、アイゼナハとインフィニアの目に留まったのだ。

二人は面白がった。

そして、庸に作戦隊長をやってみないかと言いだしたのである。

《ベルゼリア様には、わたしから上申してあげる》

裸の乳房を押しつけながら、アイゼナハはそう言ってくれた。

《その代わり、作戦案を出して》

庸が提案したのは、二隊による共同分断作戦だった。

夜番は、二隊が出撃することになっている。一隊の人数は、隊長の暗黒騎士を含めて五名。二隊が協力することはない。それぞれ別個に敵を迎撃するだけである。それでも基地の安全は守れるが、セイント・エージェントを倒すまでには至らない。

エージェントはいつも三人で現れる。

ローズスコラとブルーゴージャス、そして唯一の男、ホワイトグラス。それに対して二隊が別個に当たれば、背後を突かれる可能性が出る。

そこで庸は、二隊を一まとめにし、三つのチームに分けた。

アイゼナハが率いるチーム。

インフィニアが率いるチーム。

戦闘員Aが率いるチーム。

この三隊をそれぞれ、三人のエージェントにぶつけようという魂胆である。具体的には、アイゼナハとインフィニアのチームで、ブルーゴージャスとホワイトグラスを封じ込める。そして戦闘員Aのチームがローズスコラを追い込み、二人のエージェントから引き離す。そこで待ち伏せしていた戦闘員が撃破する。

ローズスコラをターゲットにしたのは、色々考えてのことだった。

彼女のの武器はランチャーだ。無重力弾と重力弾を放って動きを止め、戦闘員たちを撃破する。

重力弾と無重力弾は厄介だ。重力弾が直撃すれば、2G、3Gの重力が自分に掛かり、動けなくなる。無重力弾を浴びれば、一時的に肉体は重力を失い、身体は宙に浮いて制御できなくなる。

味方を助けに来る相手として厄介なのは、ローズスコラとホワイトグラスだが、ホワイトグラスは男だ。そこで、ローズスコラを優先的に倒すことにしたのである。

上中は通った。

今日が、作戦隊長としての初日だった。

庸は、整列した八人の戦闘員を前に立つ、二人の暗黒騎士に目をやった。長い黒髪に眼鏡を着けた凛々しい巨乳女性が、庸の上司、アイゼナハ。ミディアム丈の赤髪から二本の角を突き出した巨乳女性が、インフィニアだ。

アイゼナハは、V字を逆さまにしたきわどいコスチュームを着ている。インフィニアは、胸にエンブレムのついた、黒いライダースーツを身に着けている。

ともに勇ましく、美しい。そして、見事なバストの持ち主である。

「今日はβの作戦隊長としての初陣よ」

アイゼナハの凛とした声が響く。

「第一目的は、ローズスコラを他のエージェントから分断し、沼へと追い込むこと。今日の手柄はみんなの手柄、十人の手柄よ」

戦闘員たちは黙って、アイゼナハの言葉を聞いている。

インフィニアが口を開いた。

「注意二つ。一、突破されぬようにせよ。二、戦闘中、自分たちの位置を確認せよ。以上」

アイゼナハとインフィニアが席に着き、庸もソファに戻った。すぐ隣に奉仕局員27号が座る。

黒い戦闘服の胸が豊かに盛り上がっている。さすがにFカップである。だが、両手は小さくふるえていた。

「き、緊張するね」

ゴーグルの向こうではにかんで言う。奉仕局員27号は初陣なのだ。彼女の方が緊張しているんだと思ったら、ふいに自分の緊張がなくなった。

「庸くんの足を引っ張っちゃうかも……」

27号が顔を近づけて言う。

「あずみさんなら、平気だよ。あっという間に終わるから」

囁き返したところで、警報が鳴った。

「D5よりエージェント侵入、D5よりエージェント侵入！　エージェントは三人、エージェントは三人！」

インフィニアが声を上げた。

「行くぞ！」

4

五メートルずつ離れてD5エリアからD4エリアへ向かっていた三人のエージェントたちは、アイゼナハ隊とインフィニア隊の攻撃を受けた。

予想されたことだ。

連中は乳雲寺の私有地の森に防衛網を設置している。フェンスを越えれば、侵入がわかるようになっている。

つまり、この地下に敵の秘密基地があるということだ。

エージェントたちの目的は、基地の入り口を見つけ、さらに基地を破壊することである。

シロアリよろしく地球に秘密基地を増設する連中を放っておくわけにはいかない。

(来い、毛虫芋虫め)

ホワイトグラスは思った。

デモニアの連中は、二、三分でやってきた。

ただ、様子が違っていた。

いつもは一隊ずつバラバラにやってくるのに、今日ばかりは九人ひとかたまりで現れたのだ。

九人は三隊に分かれ、ホワイトグラスたちを攻撃しはじめた。

(くそ、悪魔の手先め)

ホワイトグラスは、手刀を放った。空気上の水蒸気が凍って、太い氷の枝が敵へ向かって走る。

稲妻が地上を走った。

横に一回転してホワイトグラスが見たのは、冷たい眼鏡の女——暗黒騎士アイゼナハだった。

(おれの敵はおまえというわけか)

アイゼナハのそばでは、二人の戦闘員がボールを構えている。直撃すれば身体が痺れて動けなくなるナムボールか、拘束されて吊り上げられてしまう拘束ボールか。

戦闘員がアイゼナハの右に寄った。

一斉にボールを投げる。

(無駄だ！)

ホワイトグラスは手刀を放った。氷の枝がボールをブロックする。

同時にアイゼナハが鞭を振るった。

飛びのくホワイトグラスに連続で雷撃が飛ぶ。ホワイトグラスは三度、四度、後方へジャンプした。

すでにブルーゴージャスとは十メートル以上離れている。ローズスコラの姿は木々に遮られて見えない。

ブルーゴージャスの相手は、暗黒騎士のインフィニアだった。

《緊縛の矢《ボンテージ・アロー》》が赤毛の女に向かう。

ふっと女が横にスライドした。ブルーゴージャスが弓矢を向ける。その時には、すでにインフィニアは二メートル以上前進していた。

至近距離で《緊縛の矢》を放つ。

インフィニアの姿が消えた。向けた弓を、インフィニアがつかんだ。

「遅いな」

拳がブルーゴージャスの腹部に入った。

呻き声が洩れる。

「ブルー！」

ホワイトグラスは手刀を放った。氷の枝がインフィニアに伸びる。たちまちインフィニアが数メートル後退する。

速い。

俊敏な女戦士ではあったが、二週間前まではこんなに速くなかった。

速くなった原因はわかっている。

なぜか今日は姿の見えない戦闘員βだ。やつは乳揉み係という卑猥な男らしい。暗黒騎士の胸を揉みしゃぶって、パワーアップをさせるとんでもなく羨ましいやつである。

（くそ、よりによって最悪のコンビネーションか！）

ホワイトグラスはインカムに叫んだ。

「撤退した方がよいのではないか？」

「わたしなら平気です。油断しただけです」

ブルーゴージャスが答える。

「アイゼナハ隊とインフィニア隊を相手に戦う必要はない。連中が非番の時に攻撃すべきだ」

「雑魚から始末します」

ブルーゴージャスが空へ舞い上がった。上から《緊縛の矢》を放つ。

（人の言葉を聞け！）

愚痴りながら、ホワイトグラスは手刀を放った。氷の枝がインフィニアとその部下に伸びる。

視界の右端で凶悪な光が見えた。

次の瞬間、ホワイトグラスは吹っ飛んでいた。いきなり衝撃が掛かり、地面に倒れる。

頭を打たなかったのは、反射神経か。

（来るぞ！）

ホワイトグラスは、とっさにアイスバリアーを張った。

鈍い音とともに拘束ボールが落ちる。バリアーを張っていなければ、敵の手に落ちていたところである。

「撤退しろ！」

ホワイトグラスはインカムに叫んだ。

「ローズスコラが見えません！」

ブルーゴージャスの緊迫した声が飛び込んできた。

5

ローズスコラの爆乳が、揺れていた。

鳩尾《みぞおち》までの、丈の短い赤いミドリフトップから、爆乳の下三分の一がはみ出して盛大に弾んでいる。

すばらしい揺れ具合だった。

寄せられた深い胸の谷間が波打ち、エッチな上下動をくり返している。Ｉカップの乳球がタイフロント・シャツの下で跳ねまわるたびに、乳輪が見えそうになる。

オッパイが揺れるのはとても恥ずかしい。

自分が通うグロバリア国際学院なら、絶対できない。女子高生聖ルミナとしては、絶対無理だ。正義の味方だから、できるのだ。それでも、やっぱり恥ずかしい。

ルミナは逃げているところだった。

夜の林の中を、ルミナは健康的なおへそを露出させ、白いミニスカートをひらひらさせながら走っていた。

速い。

暗視ゴーグルのおかげで、暗闇でもかなりの速さで走れる。おかげでミディアム丈の黒髪は跳ね、ミドリフトップに包まれた双球はバウンドをくり返していた。

一メートルオーバーのバストは、正直運動の邪魔である。だが、今は重いとか邪魔だなんて言っていられない。

二人のセイント・エージェントとともに潜入したのだが、攻撃を受けて仲間と散り散りになってしまったのだ。

ルミナはゴーグル越しに後ろを振り返った。

左二メートルのブナの幹に、ボールが当たる。中から巨大なアームが飛び出し、何かを引っ掴む動作をして飛び跳ね、枝にぶら下がった。

拘束ボール——デモニア救星団の武器だ。

「ブルー！　ホワイト！」

走りながら、ルミナは緊迫した声でインカムに向かって叫んだ。

「こっちは戦闘中だっ！」

苦しそうな男性——ホワイトグラスの声が聞こえる。

「どこなの⁉」

聞き返した女性は、同じ正義の味方、ブルーゴージャスだ。

「わからない……はぐれちゃって……」

ぺちゃっという鈍い音に、ルミナは身を屈めた。今度は右に一メートル離れたブナの幹に、蛍光のインキが垂れ下がっていた。

デモニア救星団の戦闘員たちが使う武器、ナムボールだ。

(捕まっちゃう……！)

ルミナは恐怖を覚えた。捕まったら、また思い切り胸を揉まれてしまう。

女のセイント・エージェントは胸が弱点だ。エージェントに変身している時は、搾られると母乳が出る。全部母乳を搾り出されたら、二度とエージェントに変身できなくなってしまう。その末路は、敵の戦利品だ。

必死に林の中を走った。左右に敵が潜んでいる気がして怖い。

ふいに林が開け、沼の前に出た。

（ここ、どこ⁉）

思うと同時に、

（まずい）

直感した。

逃げなきゃ。

右を見て、凍りついた。

月光が、一人の男を照らし出していた。黒いライダースジャケットのような戦闘スーツを着ている。

男は、ゴーグルの付属した仮面をかぶっていた。額にはβの文字が浮かんでいる。

（あいつ……！）

ルミナは強い憎悪を覚えた。

（戦闘員β――）

一カ月前に、この男に襲われた。胸を揉まれ、母乳を搾り出された。ブルーゴージャスとピンクポリスが助けに来てくれなければ、自分はエージェントではなくなっていたかもしれない。

その仇敵が、自分を待ち構えていたのだ。

ルミナは、ランチャーを向けた。戦闘員βは右手を上げた。左手でゴーグルを隠す。

(何をする気?)

戦闘員は、右手に握っていたものを地面にぶつけた。白い閃光が暗闇を白く焼いた。目を覆ったが、間に合わなかった。

どんと弾き飛ばされ、地面に押し倒された。抵抗する前に、両腕を組み敷かれた。

(何するの! こいつっ!!)

両脚で胴体を挟もうとしたが、腹の上に跨《また》がられていた。戦闘員の両脚で両腕を押さえつけられる。

ランチャーは、二メートルほど離れたところに転がっていた。反撃しようにも、手段がない。

ルミナは、戦闘員を睨みつけた。

またこの男にやられるというのか? 幹部でもない、ただの戦闘員に——!

戦闘員βの手が、Iカップの胸に近づいた。

(さわらないで……!)

両腕を押さえつけられたまま、ルミナは身体を揺さぶった。自分ではおっきすぎると思っているIカップの豊弾が、ブルンブルンと揺れる。

でも、逃げきれなかった。

揺れる乳房を、わしづかみにされていた。着衣の上から自慢のバストが握り締められる。

男の指が遠慮なしにめり込む。

(んぁっ……)

パチパチと快感がほとばしり、声が洩れそうになった。心地よいざわめきが、強く乳房全体に弾ける。

前の時も、そうだった。戦闘員βに胸を搾られて、感じてしまったのだ。

(こんなやつに感じるものか……!)

戦闘員は、つづけざまルミナのバストを揉みしだいてきた。無遠慮に、十本の指が豊球を揉みまくる。

ゾクッ、ゾクッと身体がふるえた。指がめり込むたびに乳房が変形し、鋭い快感がサイダーが弾けるみたいに炸裂する。

(んぁあっ! あぁっ……!)

ルミナはもがいた。気持ちよくて、身体がのけぞる。

(だめぇ……気持ちいい……!)

感じないで、わたし、とルミナは自分を叱咤《しった》した。

これ以上感じないで!

耐えて……!

戦闘員の指がさらに激しく豊球にめり込んだ。指が乳房の中心に食い込んでいく。また握力が緩み、再び指がバストを搾りあげる。

心地よい戦慄が胸からほとばしった。甘い官能の炎がバストから股間へと広がり、内側から肉体を焦がしていく。

ルミナは我慢しようとして身体を揺さぶった。ゾクゾクとふるえるたびに、胸に快感が集積していく。

だめ。

これ以上気持ちよくなっちゃだめぇ……。

ふいに、胸の先端が激しくむずむずした。快感が急速に乳首に収束し、臨界突破と同時に射乳が始まっていた。

左右の乳房から、勢いよく絶頂のミルクがほとばしる。

「出た！」

戦闘員βが声を上げる。

「やめて、獣ぉ！」

恍惚《こうこつ》に身体をふるわせながら、声だけでも抵抗しようとする。

「おれにおとなしく倒されてちょうだい！」

戦闘員の両手が、タイフロント・シャツの中にすべり込んできた。

（やっ……！）

もがいたが、生乳をつかまれてしまった。戦闘員の手が、じかにルミナの乳房を揉みしだく。男の指が、ぴったりと乳房を覆う。

（いやっ……）

おぞましさと同時に、快感が乳房を貫いていた。服越しにさわられるより、直接さわられる方が快感は強い。

握り締められて、形のいいIカップ球がひしゃげた。ぞわっと戦慄が走り、

「やめ……あぁっ……！」

またルミナは射乳していた。

戦闘員が興奮した声を洩らして、さらにバストを揉みまくる。口で制止しようとするが、揉まれると声が中断されてしまう。そして母乳が噴射する。噴射すると、太腿の間に甘い衝撃が駆け抜け、きゅんとしてしまう。

あの時と同じだった。

初めてこの戦闘員に胸を揉まれた時も、同じように感じまくって、射乳してしまったのだ。

（こんなやつに胸を揉まれて、感じるなんて……）

ルミナは喘ぎながら、屈辱を感じた。

きっと下着は濡れてしまっているに違いない。今日、どんなショーツを穿いてきたっけ？

下着を見られたくない。

戦闘員は、ひたすらルミナの双球を揉みまくっていた。両手で円を描きながら、ぐにゅり、ぐにゅりとIカップのバストを変形させていく。

こんな男に揉まれるなんて……と思うのだが、揉まれると気持ちよくてのけぞってしまう。そして、射乳音とともにミルクをまき散らしてしまう。

「んぁっ……やめてぇ……」

ルミナは悶えた。

右に左に身をよじろうとするが、戦闘員βは完全に両膝でルミナの両手を封じている。両脚を上げてみるが、効果はない。

「ブルー……あぁっ……」

思わず仲間を呼んだ。

「ローズ！　どこなの!?」

「わからない……沼ぁ……」

戦闘員の手が激しくすぼまった。乳房が、男の手の中で充満した。十本の指の間から乳肉が飛び出し、母乳がタイフロント・シャツを内側から射抜いた。

強烈な快感に、背中が浮き上がった。

（庸くん……）

片思いしている相手のことを思った。

中学三年生の時に、初めて同じクラスになった男の子。

その子に、すべて捧げようと決めていた。胸を揉ませるのも、吸わせるのも、そしてあれも……。

なのに、その初めてを、デモニアの戦闘員にかっさらわれた。そしてまた同じ相手に揉まれて、感じている。

ふいに戦闘員が、タイフロント・シャツの結び目に手を掛けた。

「やめて……!」

叫んだが、遅かった。結び目が解け、戦闘員は上着を左右に引っ張った。

6

濁川庸は、興奮していた。仲間がうまく追い込んでローズスコラが沼の前に現れた時も興奮したが、今は別の理由で興奮していた。

ローズスコラは、かなりの爆乳である。

タイフロント・シャツの下に手をすべり込ませてバストをこねまわしていても、その張りと大きさがはっきりと伝わってくる。アイゼナハよりもインフィニアよりも、すばらしいボリュームだ。

クラリッサ以上？

理奈に勝るとも劣るまい。

庸の股間はパンパンに張っていた。黒い戦闘服を突いて、痛いくらいである。戦闘中というのは充分わかっているつもりなのだが、状況を忘れてそのまま犯したくなる。

ローズスコラは、右に左に身をよじって快感に耐えていた。

庸に揉まれて、感じている。敵である戦闘員に母乳を搾られて、激しく感じながら射乳しているのだ。

（全部、吸い取ってやる）

庸は、タイフロント・シャツの結び目に手を掛けた。

「やめて……！」

ローズスコラがもがく。庸を阻止しようというらしい。

だが、両手は庸が封じている。庸は、タイフロント・シャツの結び目を解いた。左右に引っ張ると、勢いよくバストが飛び出した。

月光が爆乳を照らし出す。

想像した以上のふくらみだった。果汁たっぷりに実ったグレープフルーツが、そのまま胸に生育してしまったという感じのバストだ。

（凄いオッパイ……！）

興奮して、庸は乳房にしゃぶりついた。顔をうずめ、舌で乳首を捕まえる。

「あぁぁっ……！」

ローズスコラの身体がふるえた。

ムチムチのオッパイが顔に当たる。すべすべの乳肌が顔面に密着して、優しく庸を受け止めてくれる。

「やめてぇ……！」

ローズスコラが悶えたが、乳房はやめろと言っているようには見えなかった。

むしろ、庸を歓迎していた。

想像以上の張りと想像以上の乳肌のなめらかさに興奮しながら、庸は顔を押しつけてバストを吸った。コリコリの乳首を口に含んで、啜り上げる。

「んぁっ……やぁっ……吸わないでぇ……」

切ない懇願と同時にローズスコラの身体が反り返り、母乳が飛び散った。

甘い。

そうだ。これがローズスコラの母乳の味だ。

夢中になって、庸は張りのある豊球を吸引した。乳首に舌を巻きつけ、啜り上げる。口の中で、じゅっと噴射音が鳴って母乳が飛び散る。

「いやぁっ……いやぁぁっ……！」

ローズスコラが右に左に身体をよじった。顔を押しつけて、さらに舌で乳首を弾いてやる。

「あぁっ……！」

コリコリした乳首が舌に応えて高くそそり立った。乳房が充満して、庸の顔を弾き返そうとする。

負けじと顔を押しつけて、オッパイを吸いまくる。

ムンムンした乳の薫りが飛び込んできて、ペニスが勃起した。オッパイを吸っているんだ、女を犯そうとしているんだという興奮が、性欲を掻き立てる。

やわらかい女の肌と乳房のボリュームを味わいながら、庸はミルクを啜った。乳房をバキュームし、口腔に咥え込み、乳首を吸う。

あぁぁっと切ない悲鳴を上げて、ローズスコラが射乳した。悲鳴といっしょに、次々と母乳があふれてくる。

庸はひたすら母乳を飲み込んだ。

ローズスコラが悲鳴を上げ、射乳する。ほぼ同時に、そのミルクは庸に飲み込まれる。

庸の気分は人間搾乳器である。そして相手は、もはや正義の味方ではなく、ただ乳を搾られるエッチな女である。

(今日で絶対落としてやる……!)

誓ったとたん、

「アイゼナハライン、突破されました」

ふいにイヤホンから女性奉仕局員の声が聞こえ、妙な発射音がつづいた。顔を上げる間もなく、いきなり重力が庸の全身にのしかかった。

(ぐぁぁっ!)

乳房に押しつけられる。オッパイを吸おうにも、重力で吸えない。ローズスコラが悲鳴を上げた。

(な、何だ……!?)

また発射音が聞こえた。さらに重力が掛かる。

(重力弾……!?)

庸は必死に首を横に向けた。

十メートルほど離れて、沼のそばでブルーゴージャスがランチャーを構えていた。

(な、なんで……!?)

あれはローズスコラの武器だったはずだ。なぜ、ブルーゴージャスが持っているのだ!?

ランチャーが火を噴いた。

今度は突然、身体が軽くなった。庸とローズスコラは宙に浮き上がった。ブルーゴージャスが無重力弾を連射したのだ。
（やばい！）
庸は少し焦った。
無重力弾で人を飛ばした後、ブルーゴージャスがすることといえば決まっている。
《緊縛の矢》《ボンテージ・アロー》。
標的に当たったとたん、相手を緊縛する矢である。
庸はポケットをまさぐった。
あった！
まだ閃光弾が残っていた！
目を閉じて、閃光弾を地面に投げつけた。
白い光が、夜闇を焼く。きっとブルーゴージャスは目を覆っているに違いない。
無重力弾の効果が弱まって、庸は地面に落ちた。
地面を転がって逃げる。
「ローズ！」
ブルーゴージャスが叫んだ。
「ここよ！」
ローズスコラが叫んで、顔を覆っているブルーゴージャスを捕まえた。

「こちらD3、ローズとブルーが合流！」

庸はインカムに向かって叫んだ。拘束ボールを投げる。

ローズスコラが地面を蹴った。軽く三メートルほど舞い上がる。二球目を投げたが、外れた。

ローズスコラとブルーゴージャスが木々の向こうに消える。

あとを追いかけたが、さらに奥の木々の後ろへと消えるところだった。遅れて、奉仕局員の声が聞こえてきた。

「エージェント、全員撤退」

第五章　万年奉仕局員

1

初の共同作戦を見終えると、第〇八一基地戦闘局長ベルゼリアは、液晶モニターをオフにした。

戦闘員βの、作戦隊長としての初陣だった。もう少しのところで取り逃がしたが、善戦と言ってよかった。

上半期の最優秀戦闘員は、βで決まりだ。

インフィニアとアイゼナハの動きもよかった。最後にブルーゴージャスの突破を許してしまったようだが、相手のチームワークを褒めるべきだろう。

喜ばしきはずだが、ベルゼリアは気になった。優秀すぎる乳揉み係は、ポールシフトする。

ポールシフトは、三人か四人の暗黒騎士の乳揉み係になった時に可能になると言われている。戦闘員βの条件では、まだポールシフトは発動しない。

自分は心配しすぎなのかもしれない。

だが、リーダーは悲観的に考えて、楽観的に行動するものだ。βはまだ二人の乳揉み係だが、効果は絶大だ。すでに条件を満たしかけていると考えた方がいいかもしれない。

(早めに暗黒騎士に引き上げておくか)

ベルゼリアは、デモニア本星へ向けてメールを書きはじめた。

2

庸たちが基地内に戻ってくると、居住エリアに入ったところでクラッカーが鳴った。奉仕局員たちが整列している。

先頭で待ち構えていたデモニア人の爆乳ナースが、庸の首根っこに両腕をまわした。

「凄いよかったよ〜♪」

胸を押しつける。

薄桃色のナース服のふくらみがたっぷりとたわんで、弾力をまき散らした。庸は勃起しそうになった。奉仕局員たちが指笛を鳴らす。

ナースが離れると、

「よくやったぞ、28号！」

「よっ、作戦隊長！」

奉仕局員たちが、盛んに声を掛けてくれる。やがて、声に合わせて手を叩きはじめた。庸が頭を下げると、皆が歓声を上げた。

「β！　β！　β！　β！」

「惜しかったな！」

奉仕局員２号が、庸を引き寄せて髪の毛をくしゃくしゃにする。

「よかったぞ、アイゼナハ隊！」

「インフィニア隊もよかったぞ！」

奉仕局員たちがねぎらいの声をかける。戦闘員の首にも花輪がかけられる。

庸は照れ笑いを浮かべた。

何回歓迎を受けても、やっぱり照れくさい。ありがとうと答えながら、庸はクラリッサの姿を探した。

彼女は、列の後ろ側にいた。前にいなくても、その金髪と青い瞳は一目でわかる。庸はプールでの乳吸いを思い出して、勃起しそうになった。

欲情している場合ではない。

きっちり反省して、次の作戦を考えなきゃ。

アイゼナハ隊とインフィニア隊は、盛大な拍手の中、会議室に入った。

3

林立するビルの間にほっそりと建つ十一階建のビル——その八階に、教会はあった。聖母教会——セイント・エージェントたちの隠れ家である。

三人のエージェントたちは、乳雲寺から離れて戻ってきたところだった。ゴーグルで三人の素顔はあまり見えないが、焦燥が浮かんでいるのだけはわかる。

「くそ、戦い方が変わってきたぞ。連中め、どういうつもりだ？　今日は明らかにローズを狙っていたぞ」

ホワイトグラスは興奮していた。三週間ほど前に加わった新参者——そしてリーダーである。

「わたしたちを分断させようとしていました」

ブルーゴージャスもいつになく疲れた様子だ。

「またあいつだった……。戦闘員β」

ルミナがため息をつくと、

「またか」

ホワイトグラスが表情を歪めた。彼には、βに恨みがある。

二週間前、ホワイトグラスは戦闘員βを罠にかけた。セイント・エージェントに寝返ろうとしているかのように見せかけ、偽の証拠としてケータイを落としていったのだ。

作戦はうまくいったかのように見えた。

やがてβから、エージェント側に寝返りたいとの連絡があり、ホワイトグラスは夜の荒川の土手で落ち合った。

だが、罠をかけていたのは相手の方だった。ホワイトグラスは泥まみれになり、思い切り屈辱を味わったのだ。

「次は誰を狙うつもりかな……」

ルミナは弱気な声を洩らした。

「わたしかもしれません」

「全員、ランチャーを装備した方がいいかもしれない」

「ええ。でも、装備が増えると――」

重くなって、動作が鈍くなる。走るのも遅くなる。そうなれば、それだけ連中の武器――拘束ボールやナムボールに捕まる可能性が高くなる。

「マスターのおっしゃる通り、ピンクポリスを復活させるしかないのかもしれない」

ホワイトグラスの言葉に、

「復活できるのですか？」

ブルーゴージャスが食いついた。

「ピンクポリスを戻すためには、最も優秀な乳揉み係をポールシフトする必要があるそうだ」

「ポールシフト？　どういう儀式ですか？」

「それはおれも聞いていない。マスターにはブルーとローズを連れてくるように言われている」

「いらっしゃるのですか？」

ホワイトグラスはうなずいた。

「案内しよう」

4

会議室はすでに飲み食いの場所と化していた。デモニア星人の戦闘員たちの表情は、晴々としている。初参加の奉仕局員27号もうれしそうだ。皆、惜しかったなあと口々に言い合っている。

ホワイト野郎にうまいこと突破されちまったからなあ。あれを食い止められていれば、もう一匹撃破だったのによ。

「今日の作戦でよかったのは、ローズスコラを倒す手前まで追い込めたことね」

アイゼナハが総括する。

「βは大活躍だったな」

戦闘員Aが言う。

「そのうち、エージェントから狙われるんじゃないのか？」

戦闘員Bがにやにやと笑う。

「じゃあ、おれ、囮《おとり》になろっか？」

庸の冗談に戦闘員たちが笑ったところで、コール音が鳴った。

「奉仕局員29号です」

「入れ」

戦闘員Aが答え、ロックを解除した。クラリッサが、メイド服の胸をゆさゆさ弾ませながら入室してきた。

(やっぱりおっきいなあ)

庸は、高く突き出した胸に目をやった。学校でロケット乳を吸ったあとだけに、またしゃぶりつきたくなる。

だが、いつになく元気はなかった。いつもなら、庸に一瞥をくれるのに、それもない。

クラリッサは全員の前にウェッジウッドのコーヒーカップを置くと、部屋を出ていった。

（どうかしたのかな……？）

まさか、自分にオッパイを吸われたことを悔やんでる？

「反省点は、ブルーゴージャスの突破を許してしまったことね。これはわたしの反省点でもあるわね」

「わたしの反省点でもある」

インフィニアがアイゼナハの言葉に付け足す。

ホワイトグラスは氷の壁を二つ、Ｄ４エリアへ向けてつくったようだ。その壁に挟まれた間をブルーゴージャスが抜けて、ローズスコラを救いに行ったらしい。

「連中は、本気でβを狙ってくるかもしれないな」

ぼそりとインフィニアがつぶやいた。

「おれが護衛につこうか？」

戦闘員Ｃが申し出る。

「人員を割くわけにはいかないわ。エージェントに突破される」

「今日も突破されたからなあ」

戦闘員Ｃが唸る。

「臨時戦闘員は雇えないの？」

庸は聞いてみた。

「できるが、戦力になるか――」

「今一番トレーニングの成績がいい奉仕局員は誰？」

アイゼナハとインフィニアが顔を見合わせた。インフィニアが答える。

「さっき出ていったやつだ」

「29号？」

インフィニアはうなずいた。庸は驚いた。

臨時戦闘員を補充すると聞いた時、一番優秀な人をねと頼んだのだ。27号が来た時、彼女が一番優秀だったんだと思っていた。

一番優秀な人間を雇えばいいのに、と庸は思った。ホワイトグラスは手強い。二番手ではベターチョイスだ。一番優秀な臨時戦闘員を連れてこなければ、苦戦する。

「明日、雇ったらだめ？」

「また足を引っ張られるぞ⁉」

とっさに戦闘員Aが反論する。彼女のワンマンプレーで《緊縛の矢《ボンテージ・アロー》》の餌食になったことを、まだ覚えているのだ。

「でも、一番優秀なんでしょ？」

「優秀でも問題がある」

戦闘員Bが反論する。思った以上に抵抗が強い。

庸は少し考えて、持ちかけてみた。

「じゃあ――」

5

待機所に戻ったクラリッサは、学校での庸はこんな気分なのだろうかと思った。

正直、悔しかった。

会議室でうれしそうにお菓子を食べている27号が、羨ましかった。自分の方が成績はいいのに。自分の方が優秀なのに。

努力しても報われず底辺のままというのは、庸の境遇に似ている。何をしようが、修道生は修道生のままだ。

どうしてあの時、ワンマンプレーをしてしまったのだろうと、いまさらながらクラリッサは悔いた。毎日バランカに言い寄られていて、一刻も早く奉仕局員から脱出したかった。それで焦って……。

今はバランカはいない。焦らなくてもよかったのだ。だが――。

悔いても仕方がない。

この世に、H・G・ウェルズが描いたタイムマシーンはないのだ。

第六章　ポールシフト

1

ホワイトグラスは、地下深くのマスターの部屋に二人を案内したところだった。マスターの部屋には、通常はエージェントリーダーしか入れない。

マスターの姿に、ブルーゴージャスとローズスコラは片膝を突いて挨拶した。


「わたしのかわいい戦士たち。デモニア救星団の横暴を止めるために戦ってくれてありがとう。あなたたちには感謝しています」

マスターの言葉に、さらに二人は深く頭《こうべ》を垂れた。

「わたしに質問に来たのですね」

「はい」

ブルーゴージャスは顔を上げた。

「ピンクポリスを戻せると聞きました」

マスターはうなずいた。

「条件付きで可能です。ただし、そのためには戦闘員βを味方にする必要があります」

「βですか？」

ブルーゴージャスが眉を顰《ひそ》める。あまり好きではないらしい。

「βはデモニアに魂を売った堕落者です。あの者は乳揉み係という卑猥な役割を務め、暗黒騎士と肉体関係にあると聞いています。そのような者を味方になど――」

「潔癖は相手への刃にもなるけれど、自分への刃にもなるのですよ」

「わたしは自分が潔癖とは思ってはいません」

「では、ピンクポリスが戻らなくてもよいと？　今日の戦いを見ましたが、戦闘員βは敵の鍵になりつつあります。このまま野放しにすれば、βはさらに三人、四人の暗黒騎士の乳揉み係となり、手に負えなくなるでしょう。あなたたち三人のうち誰かがまた失われることになります」

ブルーゴージャスは黙った。

ローズスコラが、視線を落とした。マスターを見て、また視線を落とす。

「何か？」

「あの……戦闘員βは味方にはならないと思うんですけど」

「どうしてです？」

「だって、その……向こうにはエッチなことをしてくれる相手がいるけど、エージェントになっても……」

「うまみがないと？」

ローズスコラは赤面しながらうなずいた。

「それに、わたしもブルーと同じく反対です。βを仲間にするなんて……」

「味方にすれば、ピンクポリスを戻せるだけでなく、あなたたちがパワーアップすると知ってもですか？」

ローズとブルーが顔を向けていた。

「今、あなたたちが戦闘員βに胸をさわられるとどうなりますか？」

「それは……」

二人が顔を赤らめる。

「エージェントとしての力を奪われます。母乳をすべて搾り出されると、二度と変身できなくなります。でも、ポールシフトを起こせば、それが真逆になります」

「ポールシフト？」

二人の言葉に、マスターがうなずく。

「悪の力が、善の力に切り替わるのです」

「切り替わるって——」

「暗黒騎士をパワーアップさせ、悪の組織のために使えていた力が、逆にエージェントをパワーアップさせ、悪を倒す力となるのです」

三人は言葉を失った。

「そんな馬鹿な――」

ホワイトグラスが否定する。

「馬鹿なことではありません。恐らく、デモニアもそれに気づいているはずです。暗黒騎士に任じられてしまったら、力は悪のまま固定され、ポールシフトが起こらなくなります。その前に、ポールシフトを起こさなければなりません」

三人は答えない。

ようやく発言したのは、ブルーゴージャスだった。

「あの……システムや理屈はいまひとつわからないのですけど、どうやってβを説得するのですか?」

「説得ではありません。儀式です」

「儀式?」

「儀式には、あなたたちの勇気と決意が必要です。女として羞恥を乗り越えなければなりません」

二人は顔を見合せた。表情が曇っている。

「あの……まさか……」

「初めに会った時、女性の乳房は聖なる力の源であるという話をしましたね」

二人はうなずいた。

「それを使うのです」

「使うって……」

「乳揉み係は、女性暗黒騎士の胸をさわることによって、暗黒騎士の力を増幅しています。つまり、性的なことによって力を発動させているということです。その状況を食い止め、反転させるためには、同じ次元にたどり着くしかありません。悪の力を反転させるために、胸の力を使うのです」

「胸をさわらせるってことですか？」

ブルーゴージャスの言葉に、マスターは首を横に振った。

「パイズリするのです」

三人は、全員目が点になった。

2

「今までお世話になりました」

教会に戻ると、ブルーゴージャスはくるりと二人に向き直った。

「わたしは正義の味方になったのであって、カルト集団に入った覚えはありません。では、みなさん。ごきげんよう」

言って、ブルーゴージャスは秘密の窓を開け、教会を飛び出した。

あとには、ホワイトとローズが残った。

気まずい空気である。

「ぼくも……知らなかったんだ……まさか、あんなことを言いだすなんて……」

「わたしも……たぶん、やめると思う」

「おい、ぼくを一人残すのか？」

「だって、娼婦になるために入ったんじゃないもん」

「マスターは――」

「ごめん、さよなら」

ローズスコラもブルーのあとにつづいてひらりと身を躍らせた。残ったのはホワイトグラスだけである。

「……くそっ！」

たまらず秘密の書斎に戻った。『バヒルの書』を逆さまにして秘密の螺旋階段を開け、足早に降りる。五芒星を描いて応答して、マスターの部屋に入った。

「どういうことなんですか⁉」

いきなりマスターに詰め寄った。

「二人とも帰りましたか」

「当たり前です！　パ、パ、パイズリしろなんて……！」

「では、ブルーかローズを失えと？　放っておけば、二人とも倒されて、ピンクと同じ運命になります」

「ですから、人員の補充を――」

「そう簡単にエージェントは見つからないのです」

「マスターが参戦されればよいではありませぬか！」

「わたしは表に出られないのです」

「なぜです⁉」

マスターは答えなかった。しばらく沈黙がつづいた。

「あなたも去るのですか？」

「いえ、自分は……」

ホワイトグラスは黙った。

「立ち去るのはかまいません。その代わり、変身リングは返却してもらわなければなりません。それから、エージェントに関する一切の記憶も、あなたが受けたすべての恩恵も――」

第七章 エージェント分裂

1

和室で目を覚ました真王寺《しんのうじ》詩鶴《しづる》は、ゆっくりと上半身を起こした。寝ている間はもちろん、ノーブラである。

Ｔシャツを脱いで、鏡の前に立った。

先端がツンと尖った、美しい爆乳が双つ、元気に突き出している。半球の先端が円錐形になっているような、よく尖った美乳だ。

悩みの種だった。

二年生になってＦカップあった乳房が、最近発育してきているみたいなのだ。四月では九十四センチだったはずだが、それよりも大きくなっている気がする。

Ｆカップのブラジャーが窮屈なのだ。

もしかすると、Ｇカップになってしまったのかもしれない。怖くてメジャーで計測できない。

正直、邪魔である。

かわいい服は着られないし、何をするにしても大きな胸がついてまわる。なぜ、自分はこんな巨乳に生まれてしまったのだろうと思うが、どうしようもない。

なのに、マスターは……。

(不潔)

詩鶴は、生まれて初めてマスターを嫌悪し、軽蔑した。

敵である男に対して、あんなことをしろだなんて……。そんなこと、普通の男にだってしたことがないのに。

不潔。

不潔、不潔、不潔。

いくらマスターの命令でも聴かない。絶対しないから。ブルーゴージャスは売春婦ではないのだ。

今日でもう正義の味方はやめよう。

ブルーゴージャスから、一人の人間、真王寺詩鶴に戻ろう。

そう思って、詩鶴は恩恵のことを思い出した。

エージェントになる時、一つ願いを叶えてもらったのだ。当時、十歳上の、二度会っただけの男と婚約させられそうになっていた。

《十六になったら、おまえと晴彦《はるひこ》さんとは婚約してもらうぞ》
虫酸が走った。
あの小太りの二十五歳。
二回とも自分の胸ばかり盗み見していたことを覚えている。やめてくれと母に泣いて頼んだが、聞き入れてくれなかった。
《真王寺の家に生きる者の運命よ》
そんな時に、マスターに会ったのだ。そして、願いを叶えてもらった。エージェントになって数日後、婚約の話はなしにしてくれと言ってきたのである。
だが——変身リングを返せば、またあの話が蒸し返されるかもしれない……。

2

聖ルミナは、一戸建ての二階の部屋で目覚まし時計に手を伸ばした。騒ぎ立てている時計をつかんで、ボタンを押す。

それから布団をかぶると、今度は二つ目の目覚ましが鳴りはじめた。

ようやくルミナは、ベッドから顔を出した。

午前五時三十二分。

もう起きなければいけない。

昨夜はショックで眠れなかった。マスターは、とんでもないことを自分とブルーゴージャスに告げたのだ。

戦闘員βにあれをしろと……。

そんな無茶な！

絶対、無理！

まだエッチだってしてないし、庸くんにも告白してもいないのに……。

いや。

告白は関係ないか。

でも、庸くん以外の人にそんなことをするなんて、絶対いやだ。初めては庸くんと決めているのだ。

でも、マスターは……。

ルミナはため息をついた。

正義の味方なのに、なんであんなことをしなきゃいけないいんだろう。わたし、そんなことをするために入ったんじゃないのに……。

変身リングを返すしかないとルミナは思った。

でも、返してしまえば、叶えてもらった願いも消滅することになる。エージェントになる時、一つだけお願いしたのだ。

また庸くんといっしょに学校に通えますように。

その願いは叶えられた。今、こうして庸と同じ学校に通えている。でも、その願いも消えてしまうのだろうか……。

3

白井京一郎は、品川のマンションで目を覚ました。

午前六時。

そろそろ朝食の時間だ。

ベッドを抜け出し、ピエロのような帽子をかぶったままベランダに出た。

晴天が広がっていた。だが、陽気な気分にはなれなかった。マスターの言葉がまだ気にかかっているのだ。

エージェントは終わりだ、と京一郎は思った。

自分一人では戦えない。

自分はどんなふうにされたら、エージェントでいられなくなるのだろうか?

変身リングを返したら、何が起きるのだろうと京一郎は思った。

エージェントになる時、一つだけ願いを叶えてあげると言われた。京一郎が告げたのは、グロバリア国際学院でずっと成績一位になることだった。

中学の間は、ずっと二位だった。

どんなに自分が九十点を並べても、上には平均点九十五点の化け物がいた。

悔しかった。

中間期末の試験があるたびに、いつもその化け物のことが俎上《そじょう》に上る。自分だってずっと二位でがんばっているのに、話題になるのは化け物ばかり。

《そういえば、白井くんも頭いいよね》

そう言われた時、どれだけ悔しかったか。

そういえばとは何だ。

おれは頭がいいんだ！　国語だって満点を取ってるんだ！

京一郎は、受験直前にエージェントになった。化け物といっしょにグロバリア国際学院を受験し――首席で合格した。次席は化け物くんだった。

信じられなかった。

凄い。

エージェントは凄い。

訓練を受けて実戦に参加できるようになったのはピンクポリスが倒された後だったが、

リーダーに指名されてうれしかった。
だが――。
リングを返せば、自分はまた万年二位に落ちるのか。
(あのβを何とかするしかない)
京一郎は思った。
倒すか?
説得して味方にする?
正体を暴いて戦えなくする?
それだ。
戦闘員βが人間なのは間違いない。ならば、声を録音して手がかりにすればいい。
あの声からして、オッサンってことはあるまい。
高校生か、大学生か……。

第八章 クラリッサ、参戦

1

エージェントAは、地下の豪邸で目を覚ました。部屋は本国の機械でつくってもらった。デモニアは、こういうところは技術が発達しているが、飛び道具はそうではない。

シースルーのパジャマの下で豊かな超乳を揺さぶりながら、エージェントAは寝室を出た。冷蔵庫を開けて、コップ一杯の水を飲む。

時期尚早だったろうか、とエージェントAは思った。

戦闘員βは、実力的にはポールシフトの条件を満たしているに違いない。それならば、暗黒騎士にされる前にシフトさせるのが一番だ……と考えて二人の女性エージェントたちに告げたのだが、予想以上の拒絶反応だった。

二人ともバージンだったのだろうか。時々、彼女たちのことがわからなくなる。違う人間だからといえばそうなのだろうが……。

皮肉なものだ。

いくら方法があっても、それが卑猥なものであればあるだけ、自分たち正義の味方は利用できない。デモニアの連中は安心しているだろう。

2

午後十時——。

ホワイトグラスは秘密の扉を開いて、聖母教会に姿を現した。どうやら、自分一人らしい。マスターの部屋を覗いてみたが、マスターは不在だった。

（一人で戦えということか）

皆、変身リングを返すつもりなのだろう。

どうやって一人で戦おうとホワイトグラスは考えた。

いや。

戦うのは無理だ。とにかく、やつの声を録音するしかない。だが、どうやって突き止める？　東京に何人いると思っているのだ？

物音に、ホワイトグラスは振り返った。

顎《あご》が落ちそうになった。

ローズスコラが恥ずかしそうに姿を見せていたのだ。

「ローズ……！」

「もう一度ぐらい……戦おうかなと思って……」

もじもじしながら言う。

「ありがとう」

両手を握る。ハグしたいところだが、たぶん、またブロックされるだろう。

ふいに着地音が聞こえ、二人は顔を向けた。

罰の悪そうな顔をして、ブルーゴージャスが立っていた。

「その……リングを返すのはまだ早いかと思いまして……」

ホワイトグラスは微笑んだ。

皆、それぞれ理由があるということだ。

「今日はβの声を録音してやろうと思っていたんだ」

「声ですか？」

ブルーゴージャスが尋ねる。

「正体を突き止めて、バラすぞって脅して引退でもさせてやろうかと思ってね。もちろん、いつになるかはわからないが」

「デモニア星人ではないのですか？」

「やつは地球人だ」

「どうしてそんなことが言えるのです？」

「ゴーグルの厚みが違う。デモニア星人のゴーグルは薄い。連中は暗闇でも普通に見える。だが、人間はそうはいかない。βのゴーグルは厚い」

ローズが感心した表情を見せた。

「それに、やつは奉仕局員出身だ。デモニア星人なら、あとで戦闘員に昇格させるなんてことはしないだろう」

二人はうなずいた。

「一応壊れた時のために、余分にレコーダーを持ってきたんだ。それを身体のどこかに着けてほしい。βに接触したら、声を録音してほしい」

ホワイトグラスは二人にレコーダーを手渡した。

「今日もローズを狙ってくるでしょうね」

「かもしれない」

答えて、ホワイトグラスは閃いた。

「いっそのこと、囮にしてやるか」

「囮？」

ローズが聞き返す。

「ローズを狙うβを狙うのさ」

3

ロッカーの扉を閉めると、クラリッサはため息をついた。

二日連続の準夜勤は憂鬱だった。今日もまた戦闘トレーニングがある。全弾命中させても、誰も選んではくれまい。

27号は、更衣室でも溌剌《はつらつ》としていた。

「もう決まりだよね」

上半期の最優秀戦闘員のことを話しているらしい。昨日の善戦で、庸で決定だと噂されている。

また、庸との距離が遠くなる。

（一度ぐらい、庸と戦闘に出たかったな……）

クラリッサは思った。

でも、自分は万年奉仕局員だ。叶わぬ夢である。

女子更衣室を出ると、クラリッサは待機所に入った。奉仕局員2号がコーヒーを淹れている。

「おまえ、会議室行ってこい」

いきなり言われた。

「コーヒーですか」

「作戦隊長がお呼びだとよ」

作戦隊長?

庸が?

「何の用事?」

「知らねえよ。行きゃわかる」

クラリッサは待機所を出た。こんな時間に会議室だなんて、珍しいことがあるものだ。

そっか。

昨日オッパイを吸ったから、またしたいのね。

今日はさせてあげない。じらしてじらして、最後までやらせてあげない。

会議室は会議中になっていた。

名乗ると、戦闘員が答えてドアが開いた。

ぎょっとした。

アイゼナハ隊とインフィニア隊が全員集結していたのだ。アイゼナハの隣には、庸もいる。

(オッパイじゃなかったの……?)

びびりながら、クラリッサは会議室に入った。

「あの……用事は？」

「それだ」

インフィニアが指差した。

空席のテーブルの上に、黒い戦闘服が畳んであった。

「洗濯ですか？」

「おまえが着ろ」

着る？

衣装合わせ？

一瞬、言われた意味がわからなかった。

（新バージョンにしたなんて聞いていなかったけど……）

「本日、おまえを臨時戦闘員に任命します。ありがたく拝命しなさい」

アイゼナハに言われて、ぽかんとした。

臨時戦闘員……。

「嘘！」

思わず声を上げてしまった。

「嘘の方がいいの？」

「い、いえ――」

「βに感謝なさい。βの推薦よ」

嘘……！

クラリッサは庸を見た。庸は手製の駒とにらめっこしている。

本当にあなたが推薦してくれたの？

なぜ？

「おれはいやだって言ったんだけどな。おまえは自分勝手だからよ」

戦闘員Aがぼやいた。

敵意ある視線にぶつかって、クラリッサはうつむいた。まだ自分は嫌われている。土壇場で覆されるのだろうか。

「おい、β。本当にいいのか？　おまえ、上半期の最優秀戦闘員の候補なんだぞ。こんなところで馬鹿に足を引っ張られたら、帳消しだぞ？」

「大丈夫だと思うけど」

庸が顔を上げていた。

「何がどう大丈夫なんだよ？」

「ストレス源のバランカはいないし、彼女は優秀だから。それに、おれのすぐそばにつけるし」

庸はきっぱり言い切った。

優秀だから――。

少し遅れて、目の奥が熱くなった。

優秀だから――。

優秀でも、臨時戦闘員には取り立ててもらえなかったのだ。

「作戦の説明をするから、それを着替えてすぐここに戻りなさい」

アイゼナハに言われて、クラリッサはうなずいた。戦闘服をつかんで会議室を出る。通路に出たところで、涙が出そうになった。

やっと認めてくれた。

それも、庸が――。

わたしのことを優秀だって――。

誰に言われるよりもうれしかった。絶対、絶対戦場に出ることはないと思っていたのに……。

誰が最優秀戦闘員の名誉を失わせてなるものかとクラリッサは思った。

もう二度と自分勝手な行動はすまい。庸の足手まといになるものか。今度こそはチームプレーを心がけて、庸の役に立とう。

4

三人のエージェントは、乳雲寺の敷地内に入ったところだった。

今日の目的は、戦闘員βの声を録音すること。そして、戦闘員βを狙い撃ちにすることである。

「ブルー、頼むよ」

ホワイトグラスが念を押した。

「君は、ローズを狙うβを狙え。βにはローズを襲わせればいい。ぼくたちは逆に、ローズを襲うβを襲う」

5

クラリッサは戦闘服に身を包んで、会議室に戻っていた。庸が作戦を説明してくれている。

「たぶん、ホワイトグラスはおれにローズを襲わせて、そのおれを襲おうとしてくるんじゃないかと思うんだ。だから、今回はおれが囮になる。29号は隠れていて、ローズの援護に来るエージェントに拘束ボールをぶつけて」

クラリッサはうなずいた。

学校にいる時より、庸の表情は引き締まっている。かっこいい……とクラリッサは思った。

庸って、こんな表情ができるんだ。

「了解？」

庸に言われて、クラリッサは慌ててうなずいた。

いよいよ戦うんだと思う。

日本語で二度目の正直って言うんだっけ？　今度こそは――。

ブザーが鳴った。

「出撃よ」

アイゼナハが立ち上がる。

通路に飛び出した。

アドレナリンが込み上げてくる。学校や自宅では、決して手に入らない緊張と興奮の瞬間。お金持ちのお嬢様ではなく、一人の人間として試される瞬間。

扉が開き、アイゼナハとインフィニアを先頭に、隊員たちが飛び出した。クラリッサもあとにつづく。

「おれたちはこっち」

庸が言い、手招きする。

クラリッサはあとを追った。

二人で闇の森を走る。

不思議な感覚だ。

学校でも、庸が先頭だ。自分の荷物を持ってくれて、教室のドアを開けてくれる。

今も、庸が先頭だ。

でも、立場は違う。庸は作戦隊長で、自分は臨時の戦闘隊員。

沼に到着すると、庸はちょうど道から出てくるところの背後の藪《やぶ》に陣取った。昨日とは逆の方向である。

クラリッサも庸の隣に片膝を突いた。早くも、遠くで爆発音が聞こえている。

しばらく二人は黙った。

一分、二分――。

敵は来ないつもりだろうか。自分たちは戦闘をせずに終わるのだろうか。

不安になってくる。

庸は、ゴーグル越しに森を注視していた。

「こっちに来ると思う？」

クラリッサは聞いてみた。

「来るよ。仲間がそう追い込んでくれるから」

「白いのが来るかしら。青いのが来るかしら」

「どっちが来てもすることは同じだよ。クラリッサなら当てられるよ」

クラリッサなら当てられるよ。

その言葉に、またじぃんと来た。わたしを信じてくれている。他の戦闘員や暗黒騎士は、全然信じてくれなかったのに……。

クラリッサは、庸に抱きつきたくなった。ぎゅっと抱き締めて、ありがとうと言いたい。でも、今は戦闘中だ。

「来た」

庸が囁《ささや》いた。

足音が近づいてくる。

緊張が込み上げた。いよいよ戦闘だ。敵と戦うことになるのだ。

初陣では、ろくに戦わないまま敵に捕まった。今日はそうはいかない。クラリッサは拘束ボールを握り直した。

「おれが投げてから投げるんだよ」

庸が言い、クラリッサはうなずいた。

足音が大きくなり、ローズスコラが姿を見せた。

(来た！)

庸が拘束ボールをつかみ、勢いよく投げた。

ローズスコラが振り返り、拘束ボールが命中した。ボールが分解し、ローズスコラの両手が拘束されて飛び跳ねる。

木にぶら下がった。

「よし！」

庸が飛び出す。

クラリッサは藪の中から窺った。敵は——。

いた。

青いやつが弓矢を構えている。ブルーゴージャス——《緊縛の矢《ボンテージ・アロー》》だ。

拘束ボールを投げた。

一球、二球！

一球目はわずかにそれたが、二球目がブルーゴージャスに命中した。ブルーゴージャスが空中に吊り上げられる。

(やった！)

「エージェント二人、確保！　応援頼む！」

庸がインカムに向かって叫ぶ。

「どっちからやっつけるの?」

「赤いやつ」

「卑怯者!」

ブルーゴージャスが怒鳴った。

「人間なのに、どうしてデモニアの味方をするのです⁉」

「仕事だから」

庸はローズスコラに近づいた。

いよいよ胸をさわるんだとクラリッサは思った。エージェントがやられる瞬間を見るのは、初めてだ。

「来ないで!」

ローズスコラが叫ぶ。

「馬鹿、変態!」

庸がクラリッサに顔を向けた。

「ホワイトが来ないか警戒しておいて」

クラリッサはうなずいた。

庸がローズの足を引っ張る。胸が、ちょうど庸の顔の位置に降りてきた。

「やめて! あなたなんか、大嫌い!」

庸は答えずにタイフロント・シャツの前を開いた。

乳房に顔を押しつける。

その時だった。

「ホワイト、D5からD4へ逃走との報告！」

奉仕局員の声が飛び込んできた。遠くから、ドシ～ン、ドシ～ンと妙な音が聞こえてくる。

「ホワイト、ここです！　沼です！」

ブルーゴージャスが叫ぶ。

「インカムだ！　インカムを壊して！」

庸が叫ぶ。

クラリッサは駆け寄った。ド～ンと轟音が響き、氷の塀が数メートルにわたって走った。

「待て、貴様！」

インフィニアの声が聞こえる。

ホワイトグラスだ。

氷の塀を連続で自分の両側に放って、それを防波堤代わりにして助けに来たのだ。

「基地の中に引き込もう！」

庸が叫び、クラリッサはうなずいた。ブルーゴージャスを引き下ろす。

その時だった。

氷の塀が突然現れたかと思うと、庸とクラリッサは吹っ飛ばされていた。二人とも、ごろごろと転がって藪に入り込む。

（何……!?）

ホワイトグラスがブルーゴージャスの拘束を解いていた。

「早く！」

ローズスコラが叫んでいる。

ホワイトグラスがローズスコラに駆け寄った。庸がのっそりと起き上がった。庸とローズスコラの間は四メートル。

ちょうどその真ん中に、妙なものが落ちていた。

ランチャーだ。

庸が突然走りだした。ランチャーに飛びつく。遅れて、ローズスコラも飛びついた。

二人の手が重なった。

最初にさわったのは、ローズスコラだった。その上に、火傷の痕が残る庸の手が重なる。

ローズスコラが一瞬、びくっとふるえて止まった。

「何をしている！」

ホワイトグラスが庸に蹴りを入れようとする。咄嗟《とっさ》にクラリッサはナムボールを投げた。

二人が躱す。

庸がランチャーを奪い取った。

「ホワイト！」

ブルーゴージャスが叫ぶ。

駆け足が近づいてきたかと思うと、インフィニアがもの凄い勢いで三人のエージェントに迫った。

「今です！」

ホワイトグラスが氷の塀を三重に放った。インフィニアが激突して、くるりと回転する。

ブルーゴージャスが叫んだ。

「ランチャーが！」

「捕まっていいのですか⁉　早く！」

ブルーゴージャスが飛び、ホワイトグラスがローズスコラを引っ張って地面を蹴った。

アイゼナハの雷撃が宙へ飛んだ。

ホワイトグラスが氷のバリアーを張る。

遅かった。直撃した。

だが、勢いが強すぎた。三人はもの凄い勢いで飛んでいき、フェンスの外に落下した。

非戦闘区域である。

「今日の戦利品」

インフィニアが駆け寄った。庸はランチャーを手に、のっそりと起き上がった。

「大丈夫か、β！」

6

基地に戻ったクラリッサたちを待っていたのは、奉仕局員の歓迎だった。ずっと同じように働いてきた奉仕局員たちも、クラリッサを祝福してくれる。

「よかったな！」

「おまえ、やるじゃないか！」

皆は、口々にこれで最優秀戦闘員は決まりだと騒いでいる。

初めての反省会も、クラリッサにとっては照れくさいものになった。自分に反対していた三人の戦闘員も、今日の戦いならまた呼んでもいいと言ってくれたのだ。

じゃあ、呼ぶと庸が言い、アイゼナハもインフィニアもOKしてくれた。正式に戦闘員になったわけではないが、臨時戦闘員として再び参加できることになった。

ずっと無理だと思っていたのに――！

万年奉仕局員だと思っていたのに――！

庸のおかげだとクラリッサは思った。

彼が、わたしを引き上げて手許に置いてくれたから。他の場所に配置されていたら、手柄に貢献することはできなかった。でも、庸のそばにいたから、貢献できた。

ホワイトグラスの捨て身の反撃で奪われてしまったけど、ローズスコラとブルーゴージャスの二人を捕らえることができたのだ。

会議室を出ても、まだ足元はふらふらしていた。

戦闘の興奮?

手柄に貢献した興奮?

そうだ。

庸に礼を言わなきゃ。

会議室に戻ったが、庸はもう休みに行ったところだった。アイゼナハ隊の控室を覗いたが、庸はいなかった。

まさか、ビリヤード場?　プール?　サウナ?

(もしかして、あそこ……?)

予想通りだった。

庸は奴隷専用の控室に入ろうとしているところだった。クラリッサは、いきなり抱きついた。庸は素っ頓狂な声を上げた。

「ク、クラリッサか……」

「わたしを推薦してくれてありがとう……。かばってくれたの、うれしかったわ」

ぎゅっと腕に力を込める。庸がびくっとふるえた。

「同情してくれたの……？」

「一番優秀なやつを引っこ抜かないと、ホワイトグラスが手強いから」

その言葉に、クラリッサはさらに胸を強く押しつけた。

同情じゃなかった。

本当に自分を認めて、引き立ててくれたのだ。

胸の中がきゅんとして、クラリッサはもっと胸を押しつけたくなった。乳房を押しつけて、庸の後頭部に顔を押しつける。

「あ、あのさ……そろそろ離れてくれない？」

困ったように庸が切り出した。

「どうして？」

「勃つ……」

クラリッサは微笑んだ。

「わたしからの感謝の印」

クラリッサはさらにロケットオッパイをこすりつけた。

「お、おい」

「こうされるの、いや？」

「いやじゃないけど、元気になる」

「こっち向いて」

庸が向き直ると、クラリッサは庸の頭をつかんで引き寄せた。胸に思い切り押しつける。

「んぐぅ♪」

庸が気持ちよさそうにもがく。

「そんなことされると、襲うぞ」

「くす。スケベ」

言ってさらに胸を押しつける。自慢のバストに庸の鼻が当たって気持ちいい。刺激が欲しくて、自分から乳首に庸の鼻をこすりつける。

(気持ちいい……)

「本気で襲うぞ」

「襲えば？」

言ってみた。

庸が奴隷専用室の暗証番号を押した。ドアが開く。そのまま、庸に押し倒された。乳房をつかんで顔を埋《うず》める。

「あん、ベッドの上……」

庸はいきなりクラリッサをお嬢様だっこした。ピンクポリス専用のベッドへ落とす。

「あん、もう乱暴ね」

微笑みながら言う。

庸はクラリッサに跨がり、戦闘用スーツのジッパーに手をかけた。一気に引き下ろす。

Hカップのロケット乳が、プルンと飛び出した。

乳房がバウンドしている最中に、庸がしゃぶりつく。敏感な乳首を咥えられて、思わず声が出た。デモニアの飴を舐めていなくても、気持ちいい。

庸はバストを揉みしだきながら、交互に乳房を吸ってきた。揉まれるだけでもゾクゾクする。吸われると、オッパイがビリビリ痺れた。気持ちよくて右に左に腰を振ってしまう。胸全体をぞわぞわと快感と掻痒感の電流が走り、股間へと伝わっていく。

(濡れちゃう……)

庸は両方のオッパイをしゃぶりながら、さらにジッパーを下ろした。ショーツの上から指で撫でてきた。

プールで乳房を吸われている時にずっといじめてほしかった場所に、やっと触れてくれたのだ。

せっかく愛撫してもらったというのに、恥ずかしいと思ってしまった。濡れているのがバレてしまった。

でも、気持ちいい。

ずっとそこを撫でてほしかったのだ。

庸の指は割れ目の上の突起を軽く撫でてきた。コリコリと弾き、リズミカルに引っ掻いていく。

「あぁっ、あぁっ、あぁっ……」

思わず腰が跳ねた。

クリトリスが気持ちいい。おまけにオッパイも責められている。ダブルで責められると、快感の波がどんどん身体の奥へ奥へと広がって疼きが激しくなってくる。

たまらず、腰をくねらせてしまった。庸の指が追いかけて、クリトリスを責め立てる。

(だめ、そこイク……)

庸の指がすべり込んできた。初めて受け入れる男の指である。

一瞬、身体がふるえた。

拒否反応?

いや。

快感が勝っていた。さらに二本と指が増える。黙って指を入れてゆっくり動かしながら、親指で蕾を弾く。

「あぁっ、あはぁぁっ……！」

あそこがむずむずしてきた。もっとすっきりさせてほしい。もっと気持ちよくしてほしい。

これが欲しいという感覚だろうか？

今日、体験しちゃうの？

庸を相手に？

不思議と、修道生を相手にという感覚にはならなかった。

自分を推薦してくれたステキな戦闘員。

わたしのことを認めてくれた人。

「最後まで襲っちまうからな」

庸が言った。

「襲ったら、死刑よ」

喘ぎながら言った。

庸がズボンを脱ぎにかかる。

ドキドキした。とうとう、わたし、経験しちゃうの？

見ないでおこうと思ったのに、思わず見てしまった。ペニスは、凄く尖っていた。思っていたよりも大きい。

今日手でしごいた時より大きいんじゃない？　あれが入るの？

庸がかぶさってきた。

待って。

言おうとしたら、オッパイを吸われた。指でクリトリスを責められた。

だめ、だめだめ、イク……。

性感的に上昇していく中で、庸のペニスが入ってきた。

（うっ……！）

感じたことのない圧迫感だった。異物が自分の体内に侵入しようとしているのだ。

だが、庸はゆっくりだった。

少し入っただけで止めている。そのまま、オッパイをしゃぶりまくっている。

「あはぁぁっ！」

イキそうになったところで、またペニスがゆっくり侵入した。肉がとけるのを充分に待ちながら、ずぶ、ずぶと肉棒がすべり込んでくる。

ついに庸のペニスが完全に奥まで進んだ。

クラリッサはたまらず、庸の背中に手をまわした。

庸の顔を見た。

特別生と修道生として初めて対面した時には、なんとも感じなかったのに、今は愛しさを感じる。

庸も目が輝いている。頬も興奮に輝いている。

わたし、とうとう捨てたのね、とクラリッサは思った。処女を失ったのね。大人の女になったのね。

圧迫感はつづいていたが、不思議な感覚だった。もっと痛いと思っていたのに、それほど痛くない。

庸が時間をかけてくれたから？

いっぱいオッパイを吸ってくれたから？

庸は、ゆっくりと左右にペニスを振りはじめた。ピストン運動はしてこない。きっと、膣がペニスになじむのを待っているのだ。

実は、庸は待っているのではなかった。射精しそうなのをこらえていたのだった。

思った以上に、クラリッサのオマンコは気持ちよかった。ミミズ千匹数の子天井と、俗に言う。ありえない彼岸の世界の言葉だと思っていた。

大間違いだった。

今ここに、とろけそうなオマンコがあった。本当に中がいぼいぼしていて、ペニスに吸着してくるのだ。

（高級なのは、着ている服だけじゃなくて、オマンコもそうだった……）

庸は息をついた。

少し突き進めると、すぐイキそうになる。また進めると、イキそうになる。それで微速前進をつづけていたのだ。

（も、もう動いても射精しないかな……？）

用心して、庸はスローペースで動きはじめた。オッパイにしゃぶりつきながら腰を動かす。

（くぁっ……！）

イキそうになった。

やばかった。

とろけそうだが、なんとか三こすり半をクリアーした。さらにオッパイをしゃぶりながら腰を振る。

「あぁっ……あっ……」

クラリッサが声を上げてきた。

ロケット乳が自然に左右に広がって、プルンプルンとふるえる。仰向けになっても、まだ高さがあるなんて、凄いオッパイだ。

庸は乳房に顔を近づけた。ちゅ～っと吸引する。

「あぁぁっ！」

クラリッサが反り返った。

反応している。

飴の影響？　わからない。でも、感じるところをいっぱい責めたくなる。

庸はひたすら乳房を吸いながら、腰を振りまくった。

クラリッサが悲鳴を上げた。

左右に首を振る。美しい金髪が跳ねる。

本当に美人だ。

こうして上から眺めているとオッパイもきれいだし、顔も本当にきれいだ。自分はこんな美人を抱いているのか。超お嬢様の美女をペニスで貫いているのか。

征服感に、性感が昂まった。細かな襞《ひだ》にこすられて、さらにイキそうになる。

「あぁっ、あっ、あぁぁっ……！」

クラリッサが、透き通るような美しい声で喘ぐ。

（エッチな声……！）

洩れそうになりながら、腰を振った。とろけそうな快感が四方からペニスに張りついて責めまくる。

（イク、イクイク……！）

快感のあまり、途中でオッパイが吸えなくなった。咥えているだけである。

それでも、必死に乳房を舐めた。

舐めながら突いた。

突きながら、とけそうになった。快感の粒子が一気にペニスへと集まり、爆発した。庸は思い切り呻き声を上げ、クラリッサに射精た。

大量の濁液がオマンコに流れ込んだ。

美しい金髪美人の膣に、日本人の精液を噴射していく。精液が飛沫を上げながら、奥へと入り込んでいく。

庸は腰をふるわせた。

また精液が噴射する。

ついにクラリッサに射精したのだ。凄い金髪美人に、凄いロケット乳の美人に、射精したのだ。

クラリッサの頬は艶々と輝いていた。目の焦点が定まっていない。初めてのはずだが、イッたのだろうか？

射精してから、庸はコンドームを着けていなかったことを思い出した。

デモニア星人とセックスしても、妊娠する心配はない。その感覚で、クラリッサともやってしまった。

「中に……出したでしょ」

クラリッサが庸を見ていた。

「コンドーム着け忘れた」

「馬鹿」

クラリッサは庸に抱きついた。庸はまた射精した。クラリッサが、あんと甘い声を上げて、庸にしがみついた。

(おれ、こいつにはまるかも……)

腰をふるわせて精液を注ぎながら、庸は思った。

第九章　蝶の痕

1

アイゼナハとインフィニアは、戦闘局長室に呼び出された。

幅三メートルの大きな黒机の向こうには、本物のヴァンパイア——ベルゼリア戦闘局長が座っている。

自分たちが貧乳に思えるほどの爆乳である。

地球人のサイズでいえばKカップ、Lカップ——あるいはそれ以上になるのだろうか。

それでいて、まったく太っていない。

普通のスレンダーな美しい体型に、とんでもない爆乳だけがついているのだ。

「βのことだけど、おまえたちに説明しておこうと思ってね」

「β？」

アイゼナハは不安げに問い返した。

「暗黒騎士《ナイト》に推薦するよ」

「暗黒騎士に？　まさか、乳揉み係を解任するっていうんですか？」

　インフィニアが真剣な表情で聞き返す。

「解任しない。ただ、乳揉み係が成長しすぎると、ポールシフトを起こす可能性がある」

「あれは三人か四人からでは――」

「そう聞いているが、用心に越したことはない。暗黒騎士に昇格させれば、ポールシフトは起こらない」

「エージェントがポールシフトをさせられるとは思いませんが。連中にあんなことができるはずがありません」

　インフィニアの反論に、ベルゼリアは微笑んだ。

「おまえたちからβを奪うと言っているわけじゃないんだよ。暗黒騎士になってからも、おまえたちの乳揉み係はつづけてもらうつもりだから」

　よかったとアイゼナハは息をつきそうになった。インフィニアも、ほっとした表情を浮かべている。

　考えていることは同じ。庸を奪われるかと思ってしまったのだ。特別な命令がない限り、暗黒騎士に昇格したら、庸は乳揉み係ではなくなってしまう。

　庸は、自分たちにとっては欠かせない存在だ。インフィニアも、今のスピードを失いたくないだろうし、自分だって今の雷撃を失いたくない。

それに――何よりもあの子がかわいいのだ。

いつも自分の胸を責めてくれて、自分のオッパイとオマンコでいっぱいイッてくれる。自分がデモニア星に引き上げることになったら、連れて帰りたいくらいだ。

「今年上半期の最優秀戦闘員は、βに決めるよ。おまえたち、たっぷりご褒美をおやり」

ベルゼリアの言葉に、アイゼナハとインフィニアは頭を下げた。

「地球にも旅館というところがあるのだろう？　そこにでも連れてってやり。みんなを連れて、派手にね」

二人は頭を下げ、局長室を出た。

2

第〇八一基地はちょっとした大騒ぎだった。正式に上半期の最優秀戦闘員が発表されたのだ。

大方の予想通り、庸だった。

クラリッサはいつもとは違う気分で、その発表を聞いた。

だって、当然でしょ。

庸は凄いもの。

今週、褒美として一泊二日の旅行が行われるそうだ。女性の奉仕局員数名も、アテンダントとして参加するという。

アイゼナハは、旅行のことは庸には伏せてほしいと厳命した。サプライズにしたいらしい。それから、彼女自ら旅行の内容を説明した。

結構エッチなこともするらしい。

「βに色々されることになるから、強制はしないけど、アテンダントの希望者はいる？」

アイゼナハの質問に、三分の二近くの女たちが手を挙げた。27号も混じっている。クラリッサも負けじと手を挙げた。

思わずアイゼナハが苦笑を浮かべた。

3

聖ルミナは、三つ目の目覚まし時計をようやく沈黙させてため息をついた。一晩経った今でも、まるでしつこいウイルスソフトみたいに火傷の痕が蘇ってくる。

あの手の火傷。

蝶のような痕。

庸の火傷にそっくりだった。

確か、左手の怪我だった。

戦闘員βの火傷も、同じ左手だった。

偶然……？

いや。

嘘だ。

絶対嘘だ。

庸くんが戦闘員βのはずがない。修道生なんだもの。大変な毎日を送っているんだもの。戦闘員なんか、できるわけがない。

第一、あの庸くんが悪の組織に入っているはずがない。

それでも——。

あの火傷の痕が蘇ってしまう。

（確かめて……みようか……）

4

目が覚めて、クラリッサは自分がもう処女ではなくなったことを思い出した。初めては、庸にあげてしまった。

後悔はなかった。

凄く気持ちよかったし、本当にうれしかったのだ。

自分を引き上げてくれたことも、戦闘員たちに対して自分をかばってくれたことも。

それに、初体験は気持ちよかった。最初は圧迫感だったけれど、どんどんペニスがなじんでいって、イッてしまった。

思い返すと、またしたくなってしまう。いっぱい胸を吸われたいし、またエッチしたい。パイズリもしてあげたい。

午前七時二十五分、クラリッサはフェラーリエンツォに乗って屋敷を出た。もう庸は学校にいるだろう。そしてまた迎えに来てくれるに違いない。

七時四十五分、グロバリア国際学院の正門前に到着した。いつものように庸がドアを開けてくれる。

でも、いつもとは違う感覚だった。

もはや、庸は他人ではない。ペニスを受け入れた時から、わたしの庸になった。

かわいい人。

自分が処女を捧げた人。

「今日も脚が痛いの。おぶって」

どこも痛くないのに、嘘をついた。庸は鞄を受け取ってから、背中を向けた。体重を背中に預ける。

今日はノーブラである。

自慢のロケット乳は庸の背中。庸はこのオッパイが大好きだと言ってくれた。ロケットみたいに突き出していて、さわりたくなってしまうと。

(ほら、さわりたいでしょ?)

心の中でくすくす笑いながら、庸におぶわれて特別生専用玄関へ行く。椅子に腰掛けると、足を差し出した。

庸がいつものように上履きを履かせてくれる。

「お姫様だっこして」

「え?」

「おんぶは疲れるわ」

特別生の特権を利用して、わがままを言う。

庸はクラリッサを抱き抱えた。

胸が顔の近くに来る。とたんにドキドキする。顔を押しつけられたら、声を出しちゃうかも……って、エッチなことを考えてしまう。

庸はよろよろしながら、一年ブロンズ組へ向かっていく。

まわりで生徒たちが驚いている。

それはそうだろう。結婚式でなら、誰も驚かない。でも、ここは学校なのだ。お姫様だっこをする場所ではない。

聖ルミナがドアを開けてくれて、庸は教室に入った。優等生の白井京一郎も、思わず道を空ける。庸は階段を上がって、アーロンチェアに自分を座らせた。

えらいえらい。

よくがんばりました。ステキ。

クラリッサは庸の頭を撫でたくなった。誰もいなかったら、庸の頭を胸に押しつけていたかもしれない。

「ありがとう。あとで飴を舐めてあげる」

ウインクすると、庸が舌を出してみせた。脚が痛くないことは、庸にはバレていたのかも。

でも、気分は悪くない。

セックスって、こんなに世界を変えるのね、とクラリッサは思った。

自分は生娘ではない。

一人前の大人になったのだ。

それから、女が一人、怖い形相をして自分の前に立っていることにクラリッサは気づいた。黒髪のロングヘア。凜とした清潔感があふれている。

ああ、そうだ。

二年の特別生——真王寺詩鶴といったっけ。

「あなた、どういうつもりですか？　お姫様だっこをさせるなんて、不謹慎ですよ」

いきなり言われた。

「脚が痛いから運んでもらったのよ」

「先日もおんぶさせたと聞きました。あなたの胸のボタンが不必要に開いていたと聞いています。みだりに修道生に接触するなど、不潔です」

「修道生が不潔だっていうのかしら？」

余裕で返す。

「そんなことは言っていません」

「清浄な手で触れるのなら、清浄だわ。修道生が清浄な存在なら、おんぶさせても不潔にはならないはずよ」

「男は不潔です」

「では、あなたのお父様も不潔ってことになるわね」

詩鶴が目を剥いた。沈黙したまま、睨みつける。

「自分の倫理観を押しつけるのは結構だけど、自分に限定してくれないかしら？　わたし、あなたと同じ倫理観では生きていないの」

クラリッサは金髪を片手で払った。詩鶴も食い下がる。

NONE OF YOUR BUSINESS。わたしの勝手でしょ。

「上級生として忠告しているのです」

「では、親切な方にわたしからも忠告。あなたの世界では、年齢が一つ上なら自動的に上になるのかもしれないけど、わたしの価値観では違うのよ。わたしが下と認めれば、下なの」

詩鶴の鼻の穴が広がった。

クラリッサでは埒が明かないと思ったのか、庸に顔を向ける。

「あなたもあなたです。特別生の言いなりになるのが修道生ではありません」

「おれ、別にいやじゃないけど」

「だって、重いでしょ？」

「女は重くない」

ステキ！

クラリッサは庸に向かってウインクを放ってみせた。

「特別生への過度の肉体的接触は謹んでください。よろしいですね」

「あんた、おれのマスターじゃないだろ？」

さすがよ！

クラリッサはもう一度ウインクをしてみせた。詩鶴はクラリッサにも庸にも敗北して、むっとして教室を出ていった。

5

レコーダーは持ってきたが、聖ルミナは迷っていた。
庸は曲がったことが大嫌いだったはずだ。中学二年生の時からそうだった。学校給食で、数日前の牛乳パックが発見されて問題になったことがある。
誰のだ？　誰が飲まなかった？　誰が隠した？　教師がお手製の尻叩き専用の板を持って歩きまわる。誰も名乗らない。
《誰なんだよ！》
教師が女子生徒の鞄を蹴る。とたんに庸が立ち上がった。
《おまえか！》
《生徒の鞄、蹴ることないだろ！　教師が当たり散らしてどうすんだよ！》
《なんだと、貴様！》
《おれが間違ったことを言ってんのかよ！　校長先生に掛け合ってもいいぞ！》
教師は撃沈した。

三年生になった時に、その話を聞いて凄いと思った。自分は、間違っていることに対して瞬発的に動けない。だから、庸に惹かれたのかもしれない。

(本当に庸くんなのかな……)

ルミナは、自分は邪推をしているのではないだろうかと思った。教師に食ってかかった庸が、悪の組織の一員として働くはずがない。

でも——。

あの火傷の痕は、確かに庸とそっくりだった。どんなに自分で打ち消そうとしても、そのたびにあの映像が蘇ってしまう。

(声を録音すれば、庸くんじゃないってことがはっきりする)

真王寺詩鶴と庸の会話は録音したが、念のためだ。もう一つ録っておこう。

ルミナは自分を納得させた。

昼休み、庸が食事を終えて教室を出ると、ルミナはレコーダーを忍ばせて教室を出た。

「あ、あの……濁川くん……」

「何?」

庸が振り返った。

思わず黙ってしまう。

頭の中が真っ白だ。何を話そう。どう間をもたせよう。いや、間以前に、どう話題をつなげて話をしよう。

「何？」

「あの……ま、またおにぎり……つくってこようか……」

「ほんと？」

庸がうれしそうな顔を見せる。

「弁当はクラリッサからもらってるんだけど、二時間目とか終わったあとに腹減っちゃって……」

「じゃ、じゃあ……」

よかった。

会話できた。

背を向けると、

「聖」

庸が声をかけた。

「色々気づかってくれてありがとう。感謝してる」

「うん……」

うなずいてから、ルミナは庸に謝りたくなった。

なんて馬鹿なことを。

庸くんが悪の組織の戦闘員なわけがない！　なのに、疑ってしまうなんて！　わたしって、なんてひどいことを……!!

庸が教室に戻ろうとして、立ち止まった。扉に黒板消しが挟んである。誰かが悪戯を仕掛けたらしい。

庸が左手を伸ばした。ルミナは息を呑んだ。

手の甲にあったのは、昨夜見たのとそっくりの、蝶の形の火傷痕だった。

6

ホワイトグラスこと白井京一郎は、聖母教会奥の秘密の書斎で、ブルーゴージャスが録音してきたデータを聞いていた。

《インカムだ！　インカムを壊して！》

どこかで聞いたような声だった。どこかは思い出せないが、聞いたような記憶がある。

うろ覚え？

空耳？

わからない。

もう一度聞いてみる。

《仕事だから》

《ホワイトが来ないか警戒しておいて》

答えは出てこない。

ドアが開いて、ブルーゴージャスが姿を見せていた。青いコスチュームの胸が、高く隆起している。ウエストが細いだけに、胸の凹凸が目立つ。

おまけに、エッチなハート形のホール。

大きく開いたホールから、遠慮なく深い胸の谷間が覗いている。指を突っ込みたくなる谷間だ。

だが、個人的にはローズスコラが好みである。彼女の方が胸が大きい。それに、少し弱気な表情がたまらない。

もっとも一番の好みは、マスターだ。真面目にマスターと付き合いたいと思っている。

「誰かわかったのですか？」

「いや」

京一郎は首を振った。

「さっきマスターから連絡が入った。βは上半期の最優秀戦闘員とかで、今週の週末に旅行だそうだ。行き先はわかっている」

「たいそうなご身分ですね」

ブルーゴージャスが皮肉を言う。彼女は、京一郎が来る前のリーダーだった。そのせいか、あまり馬は合わない。

またドアが開いて、今度はローズスコラが入ってきた。

「βの音声データを再生しているんだ」

京一郎は説明した。

「身近にこんな声のやつはいないか？」

ローズスコラは答えない。

「いるのか？」

「一人、除外してほしい人がいるんだけど……」

「除外？」

「今日、うちの学校で録音してきたの」

うちの学校――。

やはり、彼女は高校生だったのか。まさか、中学生ということはあるまい。

京一郎は、レコーダーを受け取ってパソコンにつないだ。データをコピーして再生する。

《自分の倫理観を押しつけるのは結構だけど、自分に限定してくれないかしら？　わたし、あなたと同じ世界では生きていないの》

京一郎は、一瞬止まった。

この声……⁉

聞いたことがあるぞ。

《上級生として忠告しているのです》

ン？

この声もだ。

《あなたの世界では、年齢が一つ上なら自動的に上になるのかもしれないけど、わたしの価値観では違うのよ。わたしが下と認めれば、下なの》

クラリッサ！

そうだ、クラリッサ・ローズウェルだ！　今朝、真王寺詩鶴とやり合った時の会話だ。

ということは、彼女はグロバリア国際学院の学生――？

《あなたもあなたです。特別生の言いなりになるのが修道生ではありません》

これは真王寺詩鶴か？

《おれ、別にいやじゃないけど》

京一郎はぎょっとした。

これ、濁川庸？

《だって、重いでしょ？》

《女は重くない》

そうだ、濁川庸だ！

《特別生への過度の肉体的接触は謹んでください。よろしいですね》

《あんた、おれのマスターじゃないだろ？》

間違いない！

「これ、濁川の声だろ⁉」

「え？」

ローズがぎょっとする。

「同じクラスなのか？　おれも、今朝、これを聞いたぞ」

「え？　え？」

ルミナが慌てる。

「どうしてわたしの声が入っているんですか？」

ブルーも詰め寄る。

「わたしの声……？」

ローズの顔色が変わった。

「真王寺さん……⁉」

「ち、違います……！」

ローズの指摘に、ブルーが動転する。

「真王寺さんですよね？　わたし、あの時、教室にいたんです」

「え？　おまえもいたのか？」

しまった。

気づいた時には遅すぎる。

「白井くん……？」

ローズに正体がバレた。慌てて口をつぐんだが、もう遅い。

「白井くんでしょ？」

突っ込まれて、はっとした。

「聖か？」

「え……」

ローズが凍結した。

京一郎は先に仮面を脱いだ。ローズも仮面を脱ぐ。やはり、聖ルミナだ。

二人が脱いでしまったので、仕方なくブルーも仮面を脱いだ。自らバラした通り、真王寺詩鶴である。

「くそ、みんなグロバリア国際学院だったのかよ……そうとわかっていたら、いちいちここに来ないでも、打ち合わせができてたのに」

「個人情報は洩らさないのが、エージェントの鉄則です」

詩鶴が言う。

「で――誰の声を確かめるんだっけ？」

京一郎は話を元に戻した。

「濁川くん……。たぶん、違うと思うんだけど、一応調べてもらおうと思って」

「怪しいのか？」

「違うの、候補から外すためなの」

言いながら、ルミナが赤面する。

（まさか、好きなのか？）

いやな予感を覚えながら、詩鶴が録音したデータと、今日ルミナが録音したデータを照合する。

パソコンの画面に声紋分析の画像が現れた。

両者の比較にかける。

答えが出てきた。

――九十七・八八パーセントの確率で、同じ声です。

三人、絶句した。

灯台下暗し。

自分たちが一番手こずらされていた最大の敵は、同じ学校に、しかも、京一郎とルミナにとっては同じクラスにいたのだ。

ルミナは思い切りショックを味わっているようだった。顔から血の気が引いている。

しかし、京一郎も動揺していた。

嘘だと思った。

あの男が戦闘員β？

今、デモニア〇八一基地で一番厄介な男？　アイゼナハとインフィニアの乳揉み係？

そんな馬鹿な！

あの男は落ちこぼれなのだ。修道生で、いいところなんか一つもなくて、どこに行ったって、下下下の下の存在のはずなのだ！

第一、あの男が女を知っているはずがない。おれだってまだなのだ。修道生がもてるはずがない。あいつも童貞のはずだ。いや、童貞でなければいけない。童貞でなければおかしい！

「別の声で比較を――」

詩鶴に言われて、そ、そうだなと京一郎は虚ろな声で答えた。

別の声で比較してみる。

――九十八・九六パーセントの確率で、同じ声です。

（逆に上がっとるではないか！）

血圧が上昇した。

「濁川庸が戦闘員βだったみたいですね」

詩鶴の声は、低く、怒っているみたいだった。

「彼にはわたしが言ってきます。あなたの正体はバレていると。修道生の身でありながら、悪に加担するなど、言語道断です」

早くも戸口へ歩き出した詩鶴を、

「それはまずいですよ」

京一郎は止めた。

「かばうというのですか？」

「突きつければ、真王寺さんがエージェントだってことが相手にバレますよ⁉」

詩鶴がはっとした。

「わたしが言っても……同じだよね？」

ルミナが二人の顔色を窺う。

「当然だ。言うなら、エージェントに変身している時に言うしかない」

そう言う京一郎に、詩鶴が反論した。

「でも、それで彼がデモニアを脱退するんですか？　会社員ならともかく、学生では――」

第十章 ルミナ、決断

1

自宅に戻ると、ルミナはベッドに身を投げ出した。

力が抜けた。

今でも、やはり信じられなかった。たまたま庸と同じ声の持ち主がいたんじゃないかと、まだ考えようとしている自分がいる。

しかし、脳味噌は否応なしに、あの蝶のような火傷の痕をフラッシュバックさせて、叩きつけてくる。

（庸くん……本当なの……？）

ルミナは問いかけた。

嘘だ。

そう言ってほしい。

でも、ルミナには連絡の手段がない。

ずっと、戦闘員βを憎んでいた。初めて胸をさわるのも庸くん。初めて胸を吸うのも庸くん。そう決めていたのに、βは自分から「初めて」を奪った。

だが——自分から初めてを奪ったのは、ルミナが奪ってほしいと思っていた庸その人だったのだ。

(戦闘員βが、庸くん……)

なんて皮肉なんだろう。庸くんも、自分と同じ正義の味方ならよかったのに……。

メールの着信音が鳴っていた。

ブルーゴージャス——真王寺詩鶴からだ。今日、出撃するとある。

(そんなの、無理だよ)

ルミナは思った。

もし本当に庸くんなら——どうやって、好きな相手に重力弾や無重力弾を向けられるというのか。

(嘘だったらいいのに)

ルミナは思った。

実は庸くんは双子で、もう一人が戦闘員βで、自分が好きな庸くんはデモニアには所属していないなんてことだったらいいのに……。

2

ルミナの部屋はすっかり暗くなっていた。午後十一時過ぎ、メールの着信音が鳴っていた。

詩鶴からだ。

《なぜ今日来なかったのですか？　二人で戦うことのつらさは、あなたが一番わかっているはずです》

ルミナは、すぐメールをオフにした。

どう非難されたって、無理だった。自分が庸を好きなことは、詩鶴にも京一郎にも言っていない。

セイント・エージェントはお互いの情報を公開しない。プライベートの存在しない、ただの正義の仮面として戦ってきたのだから。

（庸くんに直接聞いたら、答えてくれるのかな……）

ルミナは思った。

思ってすぐに否定した。

聞いた瞬間、自分が関係者だというのがバレてしまう。自分がセイント・エージェントだとバレれば、みんなに危険が及んでしまう。

自分がエージェントだと知ったら、庸くんはどうするのだろう？

仲間に通報する？

こうして寝転がっている自分を襲撃して、ピンクポリスみたいに退治する？

退治されるのなら、庸くんに退治されたい。

でも、まだ――。

3

午後十時二十一分――。

ルミナは露出過多の戦闘服に身を包み、乳雲寺のフェンスを見上げた。一人で出撃するのは、正義の味方になって初めてのことである。

詩鶴にも京一郎にも、今日のことは話していない。

(こうするしか……ないんだよね？)

ルミナは自問した。

本当に戦闘員βは、庸くんなのか。

まだ、違っていてほしいと願う自分がいる。真偽は自分が確かめるしかない。

ランチャーを確認すると、ルミナは高く飛び上がった。

一気にフェンスを越える。

これでもう、秘密基地には警報が流れただろう。でも、今日の自分は戦うことが目的ではない。

戦闘員βと話すこと。

話して真偽を確かめること。

（どうしたら会えるんだろう……？）

ルミナは思った。

やっぱり学校で質問した方がよかったんじゃないか、とちらりと思う。でも、質問した瞬間に自分が正義の味方だとバレてしまう。

実は自分も奉仕局員で……と嘘をつく？

その方がよかったのかもしれない。

でも、それでもし戦闘員だったら立ち直れない。

きっと庸くんはやりたくないのに、無理矢理戦闘員をやらされてるんだ。わたしが助けてあげなきゃ。勧誘してあげなきゃ。

戦闘員の姿が見えた。

雷撃が夜闇を照らす。アイゼナハだ！

（庸くんがいる！）

ランチャーを撃たず、ルミナは雷撃を躱した。
「戦いに来たんじゃないの！　話があるの！　戦闘員βを出して！」
森に向かって叫ぶ。
返事の代わりに、ナムボールと拘束ボールが飛んできた。
無重力弾を撃つ。
ボールは重力を失って妙な軌道を描いた。
庸くんはどこにいるのだろう？
またあの沼？
左の方を見ながら走る。
ふいに右手から拘束ボールが飛んできた。完全に不意打ちだった。
でも、外れてくれた！
（やっぱり二隊いる？）
どうしよう、とルミナは思った。
引き戻した方がいい？
でも、せっかくアイゼナハ隊が出てきているのだ。庸に会いたい。
「戦闘員βを出して！　話がしたいだけなの！」
返事はない。

森の中の広い道に出た。

ブナの樹が闇の中を空へ向かってぬうっと突き出ている。幽霊でも出そうな景色だ。

(取り囲まれてる……?)

道の先に沼が見えた。

水面が月光で輝いている。その輝きを、妙な人形が遮っていた。

戦闘員β――庸くんだ!

「おれに話って何?」

問われて、言葉に詰まった。

どう切り出せばいいのだろう? 庸くんなの?っていきなり尋ねる? どうして戦闘員になったの?って理由を尋ねる。

沈黙していると、

「また勧誘?」

戦闘員βが尋ねてきた。

「あの……庸……その……わたしの知ってる人に似てるなと思って……」

戦闘員βは沈黙している。

「あの……同じ高校生だよね?」

「世間話をしに来たの?」

「違うの。どうして戦闘員になんかなったんだろうって……できたら、仲間になってほしいなって……」

ああ、何を言ってるんだろう！

庸くんなのかどうか、確かめるはずだったのに、勧誘してる！

「やっぱり勧誘か」

戦闘員βが頭を掻いた。

「おれ、ならないよ」

「わたしが……彼女になるのでも……無理……？」

言ってしまった。

顔が熱い。きっと耳まで赤くなってる。

突然笑い声が響いた。アイゼナハが、戦闘員βの隣に現れていた。

「β、もてるのね」

「もてるっていうのかな？」

庸が頭を掻く。

「ほ、ほんとだから……」

言ってルミナは赤面した。

ああ。自分は何を言っているのだろう。

「ありがとう。申し出はうれしいけど、おれ、デモニアで満足してるから」

「違うの」

「何が？」

ルミナは口ごもってしまった。

庸くんなの？

聞きたいのに、聞けない。

「昔……中学に行ってた？」

「そりゃ、中学には行くけど」

ああ、馬鹿馬鹿馬鹿！　中学校の名前を言わないと、意味がないじゃない！

「だから——」

「話は終わりよ」

アイゼナハが遮った。両手を上げ、下ろした。その直後、一斉に拘束ボールとナムボールが飛んだ。

ランチャーを構えたが、絶望的に遅れていた。

ああ、わたしもピンクポリスみたいになるんだ。そう思った。

ボールは森の中を抜け——突然現れた氷の枝と網を広げて広がる矢に、地面に落下していた。

(ブルー！　ホワイト！)

「やはり罠だったのね」

アイゼナハが冷たく睨む。

「違うの、罠じゃ――」

雷撃と《緊縛の矢《ボンテージ・アロー》》が交錯した。四方に向けて、氷の枝が凄い勢いで伸びていく。わっと声がしたのは、戦闘員たちが逃げたのだろう。

「来い、ローズ！」

ホワイトが着地し、ルミナを引き寄せた。

ジャンプする。

「逃がさないよ！」

アイゼナハが雷撃を飛ばす。

ホワイトが手を振り、雷撃は氷に跳ね返された。ブルーゴージャスも遅れて宙に舞い上がった。

4

「どういうことです！」

詩鶴に詰め寄られて、ルミナは頭を下げた。聖母教会の隠し部屋である。京一郎も、少し怖い形相をしている。

「捕まったらどうするつもりだったのです⁉」

「確かめようと思って……」

「もう答えは出ていたじゃありませんか！　あれは濁川庸です！」

詩鶴が大声を上げる。

「で、でも、声だけでしょ？　声は同じだけど違う人がいるかもしれないし……」

「一人で確かめに行くなんて無謀です！　わたしたちが来なかったら、どうなっていたと思うんですか⁉　今あなたを失ったら、わたしたちがどうなるか、わからなかったんですか⁉　それでも、セイント・エージェントですか！」

ルミナはうつむいた。

軽率……だったのかもしれない。

いや。

軽率だった。

でも、どうしようもなかったのだ。

「濁川庸とは同じ中学だったと聞いています。知り合いならば、なおさら否定したくなるでしょう。でも、それでみんなを危機に招いていいということにはならないのですよ？」

ルミナはさらに下を向いた。

「ごめんなさい……」

「どうして一人で行ったんです？」

ルミナは答えなかった。

答えられるわけがない。

「あなたはエージェント失格です」

「ごめんなさい……」

ルミナはうつむいた。みんなに迷惑をかけてしまったという気持ちに、鼻の頭がツンとする。

「謝って済む問題ではありません」

ブルーゴージャスが追い打ちをかける。

ごめんなさい……。

そう思ったら、目の上が熱くなった。ルミナは鼻を啜った。

「泣いて済む問題でもありません」

「それは言い過ぎじゃないか？」

「だって、そうでしょ？　わたしたちは厳しい戦いの世界にいるんです」

「仲間をそんなになじって、勝てるのかよ」

「ごめんなさい……庸くんに会いたかったの……ずっと庸くんのこと……好きだったから……」

涙声になってしまった。

詩鶴が沈黙していた。京一郎も呆然としている。

「彼のこと……好きだったのですか……？」

「ごめんなさい……」

二人は顔を見合わせた。

5

自宅の部屋に戻ると、最低だとルミナは思った。

答えは出ていたのに信じられなくて――信じたくなくて――一人で確かめに行ってしまった。そして、みんなに迷惑をかけてしまった。

みんな、引いただろうか。

わたしはもうエージェントはつづけられないかもしれない。

辞めるしかないと思った。

でも、辞めたら、庸くんは学校に通えなくなっちゃう……。

どうしたらいいのだろう。

みんなには迷惑をかけたくない。でも、庸くんとは戦えない。庸くんを仲間にできたら
——。

はっとした。マスターの言葉を思い出したのだ。

エージェント姿のまま戦闘員βにパイズリをして三連続で射精させれば、ポールシフトが起きて、βは正義の味方になる。

そうだ！

あの時は庸くん以外の男の人にすると思い込んでいたから、絶対いやだって思ったけど、戦闘員βは庸くんなのだ。

(でも……)

やっぱり恥ずかしい。

パイズリなんてしたことはないし、庸くんにエッチな子って思われちゃう。

自分には無理だ。

しばらく悩んで、ルミナは部屋の電気を消した。もう今日はさっさと眠ってしまおう。

寝ても何も変わらないけれど——。

目を閉じた。

でも、やっぱり庸のことが思い浮かんでしまう。

(同じ正義の味方になったら、庸くん、付き合ってくれるかな)

ふと思ってしまった。

パイズリしたら、軽蔑するかな。

あ。

そっか。仮面を着けているから、顔はわからないんだ。でも、やっぱり恥ずかしい……。

ルミナは天井を眺めた。

どうすればいいのだろう?

やっぱり、自分がやるしかないのだろうか。詩鶴さんは絶対しないだろうし、京一郎くんには無理。

でも——庸くん、わたしのこと嫌いにならないかな……

6

詩鶴と京一郎は、まだ秘密の書斎で議論を戦わせていた。

「おれは戦闘しないことが一番だと思う」

京一郎が主張する。

「正義の味方が戦わずしてどうするのですか?　戦わない正義の味方は、ただの屑です」

「負けて倒されたら、もっと屑だろう！」

「あなたは悲観すぎるのです！」

「悲観的にしかならないだろう！　ローズは戦えない！　三人では絶対にデモニアには勝てない！　この間は二人も倒されかけたんだぞ！　あの時は助けられたからいいけど、二人で何ができるっていうんだ！」

書斎のドアが開いていた。

二人はマスターが来たのかと思った。

違っていた。

入ってきたのは、ローズスコラ――ルミナだった。

二人は思わず離れた。

京一郎は間の悪さを覚えた。喧嘩していたのを聞かれただろうか？

「どうしたんだ」

体裁を繕いながら、京一郎は尋ねた。

「わたし、やります」

「何を？」

「あれを……」

「あれ？」

問い返して、京一郎は気づいた。

「ま、まさか、濁川に――」

「本気ですか？」

詩鶴も、ルミナがやろうとしていることに気づいて声を上げる。

「それで仲間にできるんですよね？」

ルミナが確認する。

「マスターが嘘をついてるのかもしれないんだぞ!?」

「でも、今のままじゃ、勝てないし、庸くんだから……」

ルミナが真っ赤になる。

本気で庸のことが好きなのだ。

「無理する必要はないぞ」

京一郎は言ってみた。

「いいの」

ルミナは首を振った。

「みんなにも迷惑かけちゃったから。わたしが庸くんに……パイズリします……」

第十一章　ハーレム戦闘員

1

クラリッサは、アイゼナハとインフィニアにローズウェル家特注の観光バスを見せたところだった。パパが一度だけ使って、車庫にしまったものである。

「これは凄いな……」

さすがにインフィニアも驚いている。

「本当に使っていいの？」

アイゼナハが尋ねる。

「庸……βにはいっぱいしてもらったから」

「ありがとう」

思わず礼を言われて、クラリッサは驚いた。このデモニア星人って、ちゃんと人にお礼を言えるんだ……。

アイゼナハはクラリッサの肩に手を置いた。

「あなたはわたしといっしょにこのバスに乗りなさい。それから——」

2

夢を見た。

庸くんに押し倒される夢だ。自分はあの乳雲寺の森の中にいる。庸くんと鉢合わせになって、押し倒されて、オッパイを吸われてしまう。

ゾクッとする快感。

初めて吸われた時に味わった快感。

違うの、庸くん。わたしなの。やめて。エージェントじゃなくなっちゃう。でも、庸くんがわたしを求めてる……。

うれしさを感じたところで、ルミナは目が覚めた。

今日は人生で生まれて初めてパイズリをする日だ。一応、ビデオは見た。やり方は確認した。

だが——見るとやるとでは大違いである。ルミナはまだ処女なのだ。

（やっぱりやるって言わなきゃよかったかな……）

ちょっぴり、ルミナは後悔した。

3

観光バスに乗り込んだ庸は、唖然とした。

それは、もはやバスではなかった。豪華なソファセットにジャグジー。天井には大きなシャンデリアが輝いている。九州で運行中の豪華寝台列車「ななつ星」も顔負けの豪華バスである。

民間のバス会社には、こんなバスはない。用意したのは、きっとクラリッサに違いない。自宅用のバスを借りてきたのだろう。

車内で待っていたのは、三人のチャイナドレスの美女だった。

インフィニアは、白いチャイナドレス。アイゼナハは赤いチャイナドレス。クラリッサは、青色のチャイナドレスを着ている。

白と赤と青のチャイナドレスが、三人のボディラインを余すところなく浮き立たせていた。特にバストラインがすばらしい。

デコルテから湾曲しながら急激なスロープを駆け上がり、たっぷりとふくらんで大きな弧を描いて、また急激に胴体に戻る。

激しい凹凸が、乳房の大きさとスタイルのよさを物語っていた。

胸の大きさでは、クラリッサが一番だが、ウエストラインではアイゼナハもインフィニアも負けてはいない。二人は戦士である。引き締まったウエストとよく張ったヒップのギャップは、クラリッサ以上だ。

本当に凄いスタイルだと庸は思った。

自分はこんな三人とセックスをしてしまったのか。

「今日はわたしがバスガイドなの」

クラリッサが微笑んだ。

「座って」

庸は最後尾のソファに腰掛けた。すぐにアイゼナハとインフィニアが挟み込む。二人とも、身体を向けて乳房を押しつけてきた。

二人の背中に両腕をまわして、乳房を顔面に押しつける。

(気持ちいい……)

庸が乳房の圧迫を味わうと、今度は二人は背中を向けてきた。オッパイをさわりやすいようにしてくれたらしい。

庸は二人の乳房をつかんだ。人差し指で、アイゼナハとインフィニアの乳首を突きまくる。垂直に指を突き刺して、ずぶずぶとめり込ませていく。

「あん♪」

「いいぞ、さわっても♪」

その言葉に欲情して、バストを揉みまくる。二人ともすばらしい乳房の張りである。陥没乳首に指を突き刺すと、すぐアイゼナハが喘いできた。

「またそこをいじめてぇ……」

アイゼナハの反応に、すぐペニスが勃起する。

「くす。もうおっきくしちゃって」

クラリッサが微笑んで、膝を突いた。

え？

まさか……。

庸の両脚を開かせて、間に入る。チャイナドレスのボタンを外すと、白いロケット乳が露わになった。

インフィニアとアイゼナハが手伝って、庸のペニスを剥き出しにする。クラリッサはすぐ、バストで庸のペニスを挟み込んできた。

クラリッサが膝を突くと、庸は待っていたようにペニスを突き刺した。

硬い日本人の肉棒が、クラリッサ自慢のHカップを突き刺す。深い乳肉の谷間を掻き分けて、ずぶずぶと押し入る。

（ふぁぁっ……気持ちいい……）

庸はパイズリの幸福に浸りながら、アイゼナハとインフィニアののバストを揉んだ。二人が嬌声を上げる。

（たまんない……！）

思い切り、庸は興奮を覚えた。

クラリッサは初めての4Pに興奮していた。庸のペニスはすっかりそそり立っている。

（いっぱい射精させちゃうんだから）

両手で自分の胸をつかんだ。ゆさゆさと揺さぶってやる。交互に右と左の乳房を弾ませると、庸が呻いた。

「こうすると気持ちいいんだ」

「だって、おまえのオッパイ、凄い気持ちいい……」

「早く射精して」

思い切りバストを揺さぶった。Hカップの肉弾でこするたびに、庸があうっと声を洩らす。洩らしながらも、自分から腰を振って垂直にペニスを突き刺していく。

オッパイを犯されているみたいだ。

（凄い……）

クラリッサは興奮しながら、オッパイを揺さぶった。

「それ、だめ……」

「だめよ、もっとしちゃう」

激しく乳房を揺さぶった。双つの乳球が、交互に揺れ、ピストン運動するペニスをいやらしく迎え撃つ。

「んぁっ……イク……！」

庸が呻き、ついに精液を噴射した。胸の谷間深くに精液が当たる。

（あん、来た！）

庸の射精だ。

うれしくてさらにオッパイをこする。

「あぁっ……だめ……」

庸の腰が躍る。

「もっと射精しなさい」

クラリッサはさらに乳房を揺さぶった。庸の腰がまたふるえ、二度目の射精をする。胸の奥に、また精液が当たった。

（凄い……またイッた……♪）

勝利である。

「もう一度」

さらに揺さぶった。

「くそっ」

庸はクラリッサの両肩に手を置いて、腰を振った。

(凄い……本当にオッパイを犯してる!)

また庸が射精した。

胸の谷間は、すっかり庸の精液だらけである。でも、うれしい。自分の胸でこんなに気持ちよくなってくれたのだ。

「もう満足した?」

「もう一回」

庸は激しく腰を振り動かした。

そして射精した。

「もう、パイズリ魔」

「だって、気持ちいいから」

「じゃ、お風呂できれいにしてあげる」

アイゼナハの言葉にインフィニアがウインクしてみせた。

「二人で洗ってやるぞ」

4

アイゼナハとインフィニアが、庸の服に手をかけた。二人で庸を脱がせる。今度は、庸がアイゼナハとインフィニアを脱がせた。

二人とも、むしゃぶりつきたくなるような肉体だった。くびれるところはくびれ、突き出るところは突き出たぼんきゅっぼんのナイスバディだ。

ツンと高く張りつめた乳房が、アイゼナハ。餅のようにまあるく隆起した乳房が、強い張りとともに迫り出したのがインフィニア。

庸は早速二人の乳房に手を伸ばした。軽く触れながら、ジャグジーに入る。

アイゼナハとインフィニアが、早速裸の胸を押しつけてきた。ツンツンの張りが、裸の体を刺激する。

(気持ちいい……!)

「今、身体を洗ってあげるから」

アイゼナハが言い、二人は胸にたっぷりとクリームを塗りたくって、前と後ろから乳房を押しつけてきた。

ぬるっ、ぬるっと身体をすべらせていく。そのたびに、張りのある乳房が敏感な庸の肌をこすり立てる。

「あうっ……」

「かわいい」

「もうこんなに勃ってるぞ」

艶っぽい笑顔を浮かべながら、熱心に乳房でこすり立てる。二人とも、よく張った乳房だ。泡まみれの豊球が、前から後ろから、庸の性感をくすぐってくる。

（たまんない……）

ペニスが角度を上げると、二人は庸に抱きついて、左右に乳房を揺さぶった。庸の背中と胸板に乳房がこすりつけられる。右に左に、乳房が移動して肌にこすれていく。

「あぁっ……」

アイゼナハの指が、庸の乳首を優しく撫でてきた。爪先だけを軽く押し当てて、ソフトタッチで掻き撫でる。

もぞもぞした快感が胸を中心にざわめき、身体の中心部が疼いてくる。

「アイゼナハ様っ……」

「様はつけなくていいのよ」

言って、アイゼナハが乳首を舐めてきた。インフィニアも追随して、庸の乳首に舌を押し当てる。

男と女は、解剖学的にほぼ同じである。女が乳首が感じるのなら、男だって乳首は感じる。

爪先で責められていた時ももぞもぞした疼きに悶えてしまっていたが、舌で舐められると、もぞもぞした疼きは甘い快感に変わって、庸を内側から撃ち抜いてきた。

庸の反応を見て、さらに二人が乳首舐めを強くする。鋭く舌を押し当てて、往復させていく。ピチャピチャと乳首を舐める音とともに、快感が見えない波となって身体の奥へと伝播し、内側から性感を炙っていく。

庸は呻いた。快感と疼きの入り交じった感覚に、じっとしていられない。ペニスを刺激されたくて、思わず軽く腰をくねらせてしまう。

クラリッサは奥のシートからじっと三人を見ていた。彼女の視線に、少し羞恥を感じる。

庸は見られ、悶えながら、二人のオッパイに手を伸ばした。

高く盛り上がったインフィニアのバストをこねまわし、アイゼナハの乳房を揉みしだいて陥没乳首に指をめり込ませる。

「あぁんっ……またそこぉ……」

アイゼナハが身体をくねらせる。陥没乳首は、彼女の弱点である。庸はさらに指で乳房の底を引っ掻きまわした。

またクネクネとアイゼナハが身をくねらせる。快感から逃げようとしながら、逆に庸の乳首を舐めまくる。インフィニアもピチャピチャと舌を躍らせる。

（うぁっ……気持ちいい……）

思わぬ逆襲に庸が腰を振ると、アイゼナハがペニスをつかんできた。細いしなやかな手が、ゆっくりとしたストロークでしごく。つづいてインフィニアがペニスをつかみ、同じように、しかし、今度は少しスピードを上げてしごいてきた。

たまらず庸は、腰をもぞもぞさせた。アイゼナハの手コキもインフィニアの手コキも気持ちいい。

二人の手コキが、ゆっくりとスピードを上げはじめた。しなやかな指が次第に速く往復していく。と同時に、二人の舌遣いもピッチを上げていく。

（んぁぁっ……！）

庸は身体をくねらせ、庸は快感から逃れようとした。だが、二人は交互にペニスをしごいてくる。

（二人とも気持ちいい……）

庸はさらに腰を振った。だが、手コキからは逃げられない。それどころか、二人は人差し指と中指でペニスを挟み、二人いっしょに肉棒をしごいてきた。二人の手が、ぴったり息を合わせてストロークのスピードを上げていく。

「だ、だめ、二人とも、出ちゃう……」

庸はたまらず二人の手をつかんだ。

「どちらの手でイキたい？」

アイゼナハが色っぽい声で尋ねる。

「アイゼナハ……」

「いい子♪」

アイゼナハの手がペニスをつかんだ。細い指が、急速に加速した。とろけそうなスピードで庸の肉棒をしごきあげる。心地よい摩擦に、ペニスの奥からちりちりと快感の粒子が込み上げる。

（だめ、イク……）

快感を見透かしたように、さらにアイゼナハの手が加速した。いっそう優しく肉茎をつかみながら、とろけそうな速さでペニスをしごきまくる。

庸は首を振った。

腰を振って、絶頂から逃げようとする。だが、快感は急激に集積し、

「あぁっ、アイゼナハッ……！」

庸は美しい上司の手をつかみ、思い切り腰をふるわせて射精していた。アイゼナハの手の中に、激しく粘液が噴射する。

凄い勢いだった。

まるで壊れた水道の蛇口のように勢いよく精液が飛び散っていく。アイゼナハの手がゆ

っくり減速した。上司の手から、ぽたぽたと精液が落ちる。

「いっぱいイッたのね」

熱い吐息が庸に掛かった。優しい、うれしそうな声だ。

庸は息をついた。

理奈にしごかれるのも気持ちいいが、アイゼナハにされるのも気持ちいい。年上の優しい責めに、腰が躍ってしまう。おまけにクラリッサには――狂態を見られているのだ。

「今度はわたしが胸できれいにしてやるぞ」

アイゼナハとポジションを入れ代わり、インフィニアが跪《ひざまず》いて乳房で肉棒を挟んできた。しごかれたばかりのペニスが、Hカップのバストに挟まれる。

深い谷間に、肉棒は完全に包み込まれた。何度見ても、立体感の強いオッパイである。胸から隆起して浮き上がるような勢いで、突き出している。

その充満した爆乳に、庸のペニスは挟み抜かれていた。インフィニアが美しき双球を揺さぶりはじめた。すばらしいオッパイを揺らして、ペニスを摩擦していく。

「あぁっ……」

「インフィニアの胸に感じてるの？」

アイゼナハが後ろから胸を押しつけてきた。さきほどまで陥没乳首だったはずなのに、もう勃起している。

勃起すると、アイゼナハの乳首は高く突出する。反り返った円錐の上に尖った先端がついたようになる。

ツンツンの突起が庸の背中をくすぐり、庸は呻いた。

「背中がどうかした？」

わかっているくせに、わざと尋ねながら乳首でこすっていく。むずむずした快感に、たまらずゾクゾクする。

「アイゼナハ……」

「なあに？　もしかしてこれ？」

また乳首で背中をくすぐる。

「んぁっ……！」

「これがどうかしたの？　こうしてほしいの？」

子供に尋ねるような口調で言いながら、ス〜、ス〜と乳首で不定形な曲線を描いていく。そのたびに、ゾクゾクと悪寒めいた快感が走る。

快感がペニスへと流れ、そしてそのペニスを、インフィニアのバストにしごかれた。ムチムチの塊がしつこく肉棒を挟み抜いていく。まろやかな肌が鼠蹊《そけい》部から亀頭にかけて密着して、気持ちよくてならない。

インフィニアはうれしそうだった。庸のペニスがピクピクしているのは、乳房を通して感じているのだろう。

「インフィニアのオッパイ、気持ちいい？」

アイゼナハの指が、庸の双つの乳首をコリコリと弾いてきた。爪先でぞりぞりとほじくって、性感を引き出していく。

「あぅっ……」

「あなたも乳首が感じるのね？」

乳房を押しつけてエッチな円を描きながら、両方の指先で乳首を責め立てる。最初はぞりっ、ぞりっと間隔を置いて軽く引っ掻いて、それからぞりぞりぞり……と連続で引っ掻いていく。

庸は呻いた。

乳首とともに性感をほじくり出されて、思わず腰を突き出す。突き出したペニスは、インフィニアの、高く隆起した乳房にしごかれた。

（イキそう……）

谷間の中でペニスがふくらんだ。インフィニアが笑った。

「感じてる♪」

うれしそうに言って、激しく乳房を揺さぶる。心地よすぎる双つのHカップ弾が、派手に揺れ、跳ねまわった。心地よい乳肌が密着したまま、ずりずりとこすれる。

快感の粒子が急速に収束し、

「あぁっ、イク……」

庸は呻いた。

インフィニアが首を曲げた。舌を伸ばして、ピチャピチャと亀頭を打つ。打ちながら乳房を揺さぶり、ペニスを摩擦する。

(それだめぇ……!)

庸は激しく首を振り、ついに胸の谷間に噴射した。

ダブル手コキの時とは比べ物にならないほど、高く精液が噴射していた。インフィニアの舌を弾いて、インフィニアの顔に飛び散る。

「ンンッ……いっぱい出して……いい子だぞ♪」

インフィニアがペニスを咥えてきた。ゆさゆさと乳房を弾ませながら、首を振ってペニスを頬張る。上下動させて、フェラチオストロークを浴びせていく。

庸はまたしても呻き声を上げて、連射した。

パイズリは、インフィニアの方が気持ちいい。ペニスの挟み具合も乳房の揺らし方も、インフィニアの方が上である。

(気持ちいい……)

庸はまた腰をふるわせて、射精した。あまりに気持ちよくて崩れそうになる。後ろから、アイゼナハが支えてくれる。

「インフィニアのパイズリ、ほんと気持ちいいのね」

うれしそうに言う。

「でも、今度はわたしの番」

インフィニアが離れ、アイゼナハは庸を振り向かせた。ゆっくりとバスタブに座らせ、アイゼナハが跨がる。

オマンコはすっかり濡れていた。割れ目の間から、淫液が滴り落ちている。

アイゼナハのヒップが下がり、庸のペニスはオマンコに咥え込まれた。あたたかい、しっとりと潤った美肉が肉棒を包み込む。

とろけそうなオマンコだった。まだ動いていないのに、もう射精しそうだ。

「ここも、洗ってあげる♪」

アイゼナハは、ゆっくりとヒップを弾ませはじめた。ちゃぷ、ちゃぷっとジャグジーのお湯がバスタブからあふれる。と同時に、アイゼナハのオマンコが優しく庸のペニスをしごいていく。

やわらかい膣肉の摩擦と抱擁にペニスはむずむず、庸は喘いだ。膣肉にしごかれて生じた快感の波が、肉棒の奥へ奥へと広がっていく。

だが、気持ちいいのは、庸だけではなかったらしい。庸のペニスが深く突き刺さるたびに、あぁっ、あぁっとアイゼナハが細い声を洩らしている。

Gカップの乳房がプルンプルンと弾んでいた。見ているだけで庸は射精しそうになってきた。

インフィニアが艶笑を浮かべ、アイゼナハの後ろに回った。

（まさか……）

庸が思っていると、インフィニアがいきなり背後からバストをつかんだ。人差し指は、完璧に乳首を貫いていた。

アイゼナハが声を上げた。

「インフィニアッ……！」

「やっぱりここは弱いな」

「余計な――あぁっ！」

アイゼナハがヒップを躍らせてペニスを摩擦する。その上下動を追いかけて、インフィニアが乳首を突いていく。

人差し指を垂直にバストに突き刺し、乳首へ向かってぐりぐりと攪拌して押し潰していく。

「そこだめぇっ……！」

アイゼナハが首を振った。

乳房を揺さぶり、快感から逃れようとしながら、ヒップをバウンドさせる。膣肉が激しく庸のペニスをこすった。

(オマンコに搾られるぅ……!)

呻きながらも、庸は下から肉棒を突き上げた。とろけそうになりながら、美しき女戦士のオマンコをひたすらペニスで突きまくる。

とろとろの美肉が何度も何度も庸のピストンに貫かれ、肉汁をあふれさせながらペニスにしがみついてきた。ぬるぬるの抱擁をしながら、肉棒をしごきまくる。

(だめ、イク……!)

悶えながら、庸は激しく腰を振った。高校生の若々しいバネを使って、凶悪なスピードでオマンコを突きまくる。

「あはぁっ! いい、おチンポいいっ、あはぁぁぁぁぁっ!!」

甲高い悲鳴が上がり、アイゼナハが弓なりになった。インフィニアが激しくバストを握り締めた。

絶頂の波が眼鏡の女戦士に襲いかかり、全身が痙攣した。庸も呻きながら、女戦士のオマンコに射精した。

どろどろの若い濁液が、異星人の体内に注ぎ込まれていく。一億五千万個の精子たちがアイゼナハの膣に乱入し、膣を満たし、奥の子宮口へ流れ込む。

「あぁ……凄い……」

アイゼナハの身体がまた痙攣した。庸はアイゼナハのヒップをつかんで、腰をふるわせた。最後の精液が、また膣に噴射した。

(旅館に着くまでに、おれ、昇天しちゃうかも)

庸は派手なシャンデリアの揺らめく天井を見上げながら、庸は再び射精していった。

5

旅館には午後二時に到着した。クラリッサが先にバスを降りる。その後に、帽子をかぶったインフィニアがつづく。

(角《つの》を見たら、びっくりするだろうなあ)

仲居に案内されて、板張りの床を歩いていく。

通されたのは、旅館で一番の部屋だった。

庭があって、個室の湯船がある。その向こうには、天然の岩で出来た低い塀と、自然の山並み。奥は崖になっていて、底に小川が流れているようだ。

「いいところね」

クラリッサが感想を述べる。

「ご姉弟ですか？」

仲居が尋ねる。

「同じサークルの先輩後輩よ」

さらっとクラリッサが答える。こういうのは、彼女はうまい。

「プールはもう使えるようになっておりますので」

「プール？」

仲居はうなずいた。

庸には知らない催しでもあるのか。四人で泳ぐのだろうか。海パンは持ってくるように
は言われたが……。

「行ってきなさい。わたしたちはここにいるから」

仲居が出ていくと、アイゼナハがウインクしてみせた。

庸は廊下に出た。

クラリッサも出る。

「こっちよ」

館内の地図を見て歩いていく。

「こんな旅館、プールなんかあるんだ」

「面白いでしょ」

「いっしょに入るの？」

クラリッサが微笑む。

二人は更衣室の前に着いた。驚いたことに女性更衣室である。

「男性は——？」

「ここで着替えるのよ」

クラリッサが背中を押した。

「早く」

クラリッサは庸の手を引っ張って、ロッカーを開けた。

「ちょ、ちょっと、さすがにまずいよ」

「あら？　女性の更衣室で着替えるなんて、ないでしょ？　プレゼントだって」

庸は更衣室を見まわした。

女性の姿はないが、ここが女性用更衣室なのかと思うと、ドキドキしてしまう。

「早く」

急かされて、庸は海パンに穿き替えた。

男性用更衣室と構造的には変わらないはずなのに、なぜ、こんなに禁断の薫りがするのだろう？

「行くわよ」

クラリッサに引率されて、更衣室を出た。通路を抜けて、プールに出た。

6

庸は、絶句していた。

決して広いプールではなかった。楕円形の、長直径が十メートルほどのものだ。その中で、蝶眼鏡にビキニを着けた奉仕局員たちが待っていたのだ。

27号ことあずみもいる。爆乳ナースのルクレツィアもいる。皆、美味しそうなオッパイを三角ビキニに包み込んでいる。

プールサイドには、浴衣姿のアイゼナハとインフィニアがいた。なかなか浴衣も似合う。

「β。今日はおまえの日だよ。プールの中の女の子を好きにしな」

インフィニアが言う。

好きにしなって……え？　え？　え？

アイゼナハが近づいてきた。

「あの――」

「後ろから胸をさわってもいいし、吸ってもいいのよ。パイズリしてもらってもいいし。でも、オチンチンを入れられるのは一人だけよ」

アイゼナハがウインクしてみせる。

庸は頭の中が真っ白になった。

なんということだろうか。

これが最優秀戦闘員の表彰？
デ、デモニアって、なんていいところなんだ！
「五分以内に誰もさわらないと、お開きになるから」

言い添えて、アイゼナハが離れた。

五分以内！

誰がこんなところで傍観者になってたまるか！

庸が顔を向けると、きゃ～っとかわいく黄色い声を上げて女の子たちが逃げた。後ろから追いかける。

最初に奉仕局員23号に襲いかかった。黄色の三角ビキニの上から、Ｄカップの胸を揉みしだく。

結構、コリコリに張ったオッパイだった。乳輪がはっきりしていて、その先端に乳首がある。

庸はすぐビキニに手を突っ込んで、バストを揉みまくった。

「あぁん、β、エッチィ♪」

23号が悶える。

（こ、興奮する〜っ！）

「四分半！」

インフィニアが時間を読み上げる。庸はすぐ近くの25号に襲いかかった。丘のように盛り上がったオッパイである。首から吊り下げる赤いホルターネックビキニだ。

ビキニの上から乳首をコリコリと引っ掻くと、25号が悶えた。腕の中でクネクネとくねらせる。

庸はぎゅっと揉みしだいた。胸板全体に手のひらを押しつけて、強く揉む。

「はぁん……βぁ……」

（たまんない……！）

手のひらの中心で乳首が尖ってくる。もっといじめたいが、五分以内に全員をさわらなければならない。

庸は、最近新しく入った49号に狙いを定めた。

49号が逃げる。

追いかけて、正面から抱きついた。ビキニに顔を押しつける。

「きゃん」

すばらしい張りだった。Eカップぐらいの大きさだが、ぷりぷりしている。

(この子のオッパイ、いい！)

庸は両手でオッパイを揉みしだいた。ぎゅうっと握って円を描く。

「はぁん、ふぅぅん……！」

49号が鼻の穴を広げる。胸を揉まれて興奮しているのだ。

(ほんとぷりぷり！)

興奮して、庸はビキニを押しあげた。美しい円錐が双つ、庸に向かって突き出していた。

欲望を覚えてしゃぶりつく。

「あぁぁっ……！」

ひくついた。

たまらず庸にしがみつく。舌を上下にふるわせて、ちゅぱちゅぱと乳首をしゃぶった。

「あぁっ、あぁぁぁっ……！」

感じやすい女の子らしい。

(この子、もっといじめたい……！)

思ったところで、

「ずるい」

後ろから27号が抱きついてきた。

「そんなことすると、こうしちゃうんだから」

海パンに手を突っ込んで、すばやくペニスをしごく。

(あ、あずみさん……!)

水中で手が敏速に往復した。軽くペニスを握りながら、すばらしいリズムで年下の肉棒をしごいていく。

(うぁっ、イク……!)

たまらず、庸はあずみを逆襲した。正面からオッパイをつかむ。

両手がビキニの上からバストにめり込み、むっちりと食い込んだ。49号よりも全然ボリュームがある。

「ンフ、来てくれた♪」

あずみが笑いながら、ペニスをしごく。イキそうになりながら、庸も乳房を揉みまくる。

「三分」

インフィニアが言う。

プールにはまだナースが残っている。ナースの爆乳をさわりたい。

「だめ、イカせてあげないから」

あずみが自分からビキニを取った。左右対称の美しいお碗形の乳房が双つ、白い胸に並んでいる。

庸の頭をつかんで、乳房に押しつけた。

オッパイに押しつけられる。幸福な窒息を楽しみながら、口を開いて乳首をしゃぶる。

「あぁん、ずるい～♪」

喘ぎながら、あずみは庸のペニスをしごいた。逆手に握って、ひねりを加えながらエッチなハンドストロークを浴びせていく。

庸は悶えながら、Fカップの乳房にしゃぶりついていく。ピチャピチャと舌で乳首を叩いてやる。

「あぁん……βの舌、気持ちいい……凄く動くんだから」

「こう?」

庸の舌が加速した。

あぁぁっとあずみが声を上げる。喘ぎながら、手首をひねって、肉棒をしごいていく。しごくたびに手首が少し返って回転する。トルネード手コキである。

「あぁっ……」

思わず声を洩らした。

ひねりながらペニスをしごかれると、そのたびに腰を躍らせてしまう。たまらず、庸も舌で乳首を弾く。

「上手なんだからぁ……」

あずみが甘ったるい声を上げる。さらに手コキのスピードが上がった。

（気持ちいい……！）

庸も負けじとオッパイを吸い込んだ。形のいい乳房を口腔にバキュームしていく。吸引された乳房が張りつめ、口の中で乳首を尖らせる。

その乳首を、舌で叩いた。

「それ気持ちいい〜っ！」

身をくねらせながら、あずみが爆発的に手コキのスピードを上げた。漏れそうになってさらにオッパイを吸い込む。

「あぁっ、もっと吸ってぇ……」

庸はあずみの背中に手をまわした。右の乳房に吸いついてバキュームし、左の乳房に吸いついてバキュームする。それを何度もくり返していく。

「あぁっ、あぁっ、あはぁぁっ！」

甲高い悲鳴が上がり、あずみが全身を反り返らせた。庸も乳房に吸いついたまま、腰をふるわせた。

プールの中で、射精してしまったのだ。

「残り一分」

冷静にインフィニアが言う。まだナースとクラリッサをさわっていない。

庸はクラリッサに首を向けた。クラリッサが涼しげに金髪を払ってみせる。庸が泳ぎだすと、クラリッサも泳ぎはじめた。

(まさか、逃げるつもり？)

追いかけると、クラリッサも逃げる。

「三十秒」

(やばっ！)

クロールで泳いだ。クラリッサもクロールで泳ぐ。庸は横に並んで、襲いかかった。泳いでいる最中に身体にしがみつき、オッパイを揉む。

「あんっ♪」

クラリッサが甘い声を上げる。二人いっしょにプールに沈む。

「十五秒」

インフィニアが残り時間を告げる。

「わたしであなた、終わりだから」

クラリッサが真正面からしがみついてきた。

「わっ、おまえ」

「刑罰」

「何の刑罰だよ」

「十秒」

「カウントダウン♪」

クラリッサが乳房をこすりつけてきた。

「気持ちいい？　気持ちいい？」

楽しそうにオッパイをこすりまくる。オッパイがぬるぬるして、また射精しそうになる。

「つ～かま～えた♪」

爆乳ナースが後ろから胸を押しつけてきた。庸の乳首を指でいじめながら、乳房をぐりぐりと押しつける。

（んぁあっ、やっぱりおっきい……！）

「逃げちゃお～っと♪」

ルクレツィアが離れた。

「五秒」

インフィニアが言い、庸は身をひねった。クラリッサが腕を離した。

「三、二――」

ルクレツィアが逃げ、庸はカウントぎりぎりで後ろからオッパイにしがみついた。

あずみとは比較にならないくらい、深く指がめり込んでいく。乳房が広がり、面積の広いバストが両手の下で反発していく。

（凄い……！）

庸はペニスを押しつけながら、猛然とバストを揉みまくった。むぎゅうっ、むぎゅうっと暴力的に握力をぶつけて豊球を搾りまくる。

「あん、あぁぁんっ、βぁ♪」

ナースが甘ったるい声を上げる。

「いくつなの？」

揉みながら尋ねてみた。

「知らなぁ〜い♪　手で計ってぇ♪」

庸はビキニの下に手をすべり込ませた。乳首をつまんでやる。

「はぁぁん♪　β、ほんとオッパイ大好きなんだから」

「乳揉み係だもん」

振り向かせて、庸はルクレツィアのバストにしゃぶりついた。あまりの重量にオッパイは少し下を向いているが、凄いボリュームである。たっぷりと発育しましたと言わんばかりの爆乳だ。

胸の上部から真っ直ぐ乳首へ向かってスロープが伸びている。乳首に到達してから豊満なカーブを見せつけて、推定Ｉカップのバストラインを描いている。

むっちりとした、やわらかいオッパイだった。

（このオッパイ、好き……！）

庸はルクレツィアのバストに顔をうずめた。

もうカウントダウンはない。心ゆくまで爆乳ナースの乳房を貪れる。庸は安心して、ルクレツィアのオッパイをしゃぶりまくった。ムチムチの乳球が口の中で張りつめて、エッチな匂いをまき散らしていく。

(はぁ……オッパイ美味しい……)

夢中になって、庸は爆乳ナースのオッパイをしゃぶった。舌で何度も乳首を弾いて、乳肉を吸い込む。

「はぁぁん、エッチなんだからぁ♪」

甘ったるい声を上げながら、爆乳ナースが乳房を押しつける。

「こっちも吸ってぇ」

片方の乳房を出されて、しゃぶりつく。

「あぁん♪」

爆乳ナースが庸の頭を撫でた。乳房に甘えながら乳房を責め立てる気分に、さらに興奮してペニスが勃起角度を増す。

「いいよ、入れて♪」

ルクレツィアが囁いた。

クラリッサも、あずみも見ている。

（やっぱりこのオッパイ、いい！　この子に入れちゃう！）

庸はボトムを引き下ろした。

立ったまま、ペニスを近づける。爆乳ナースが腰を少し突き出した。ずぶっとオマンコに突き刺す。

豊熟な、やわらかなオマンコだった。肉汁たっぷりの柔肉が、ぴっちりとペニスに張りつく。吸着感の強い膣だ。

庸はヒップを抱いて、引き寄せた。

少し膝を曲げて、ズン、ズンとペニスを突き上げる。じゅくじゅくの肉が肉棒を迎える。

（気持ちいい……）

「抱いて♪」

ルクレツィアが両脚を絡めてきた。ペニスが奥に突き刺さる。庸はヒップを抱いて、駅弁スタイルに移行した。

乳房は、ちょうど顔の辺りである。水の浮力のおかげで、ずいぶんと軽い。

軽く膝を屈伸させて、ずぶっ、ずぶっと鋭くピストンを喰らわせる。太く膨れ上がった亀頭が、デモニア星人のナースのオマンコを気持ちよくえぐる。ぴっちりと張りついた膣肉を掻き分けて、奥へ奥へと突進していく。

「はぁぁん、あぁぁん、気持ちいい、βのオチンチン、気持ちいいよぉ♪」

豊満なバストが顔のすぐ前でゆさゆさと揺れる。ルクレツィアがしがみついてきた。乳房が顔に当たる。庸もヒップを引き寄せて、鋭くピストンで突き上げる。

「オッパイ吸ってぇ……」

さらにルクレツィアが抱きついてきた。庸は口を開いて、乳房を咥え込んだ。

豊満な乳房の薫りが立ち込める。

(ほんと、いいオッパイ……!)

興奮して、庸は激しくピストンで突いた。乳房を頬張り、吸引しながら深くにペニスを突き刺していく。

「それいいっ……♪　もっとぉ♪」

ルクレツィアが乳房を押しつけた。両脚を絡ませて、さらに深く庸のピストンを迎え入れようとする。

(イク……!)

ちりちりした快感が激しく腰の奥で疼き、快感粒子がペニスに集中しはじめた。揺れる乳房に吸いついていると、安らぎと興奮が入り交じって射精したくなってくる。

女性の奉仕局員たちは、皆、庸のセックスを見守っていた。あずみは羨ましそうに見ている。

庸はスパートに入った。片方の乳房にしゃぶりつき、水中で激しく腰を振る。あっ、あっ、あぁっとルクレッツィアが短い声を上げ、首を振った。

吸引音を立てて、乳房をバキュームし、乳首を啜る。それだめぇ、とルクレッツィアが声を上げた。さらに乳首を啜る。

オマンコが収縮し、庸のペニスを締めつけた。ペニスに集中していた快感粒子が、一気に爆発し、尿道口へ駆け上がった。庸は乳房を咥えたまま、呻き声とともに射精した。

大量の濁液が、爆乳ナースの体内に流れ込む。

女に射精したという快感と、たまっていたものを放出したという解放感が入り交じって、庸は腰をふるわせ、さらに膣奥へと精液を注ぎ込んでいく。

爆乳ナースは絶頂に痙攣しながら、庸にしがみついてきた。乳房を吸われたまま、ピクピクとふるえる。

庸のペニスでまた女が一人、絶頂に貫かれたのだ。

(気持ちいい……)

豊乳に顔を押しつけたまま、庸は思った。

また一人、ステキなオッパイの子とエッチしてしまった。思い切り射精してしまった。

本当になんてステキな旅行だろうと庸は思った。

そして強く思った。

戦闘員って、なんてすばらしい仕事なんだ。

第十二章 正義のパイズリ

1

三人の浴衣姿は、新鮮で艶やかだった。クラリッサもアイゼナハもインフィニアも、皆、藍《あい》色の模様の入った浴衣を身に着けている。

襟元からは、肌が覗いている。

クラリッサが最も白く、次がアイゼナハ。インフィニアは褐色である。

庸の隣は、アイゼナハだった。向かいがインフィニアである。クラリッサは、斜《はす》向かいだ。

長いテーブルの上には、アカムツ、別名のどぐろの刺身と煮物、そして焼き物が並んでいた。

一般のスーパーではまず出回らない、高級魚である。もちろん、庸が食べるのは初めてである。

塩でというお勧めにしたがって醤油ではなく塩に、のどぐろの刺身をつけた。

口に運ぶ。

思わず、口を開いた。

美味い。

脂が乗っているという説明だったが、ブリやハマチのようなまとわりついてくるような癖のある脂っぽさではない。

刺身なのに、甘いコクがある。

豊潤なコクである。それでいて、癖がない。脂の乗りがいいというのは、こういうことを言っているに違いない。

「あなたの宴だから、好きなだけ食べていいのよ」

アイゼナハに言われて、さらに箸でつまんだ。一切れ、二切れ、次々とつまんでいく。

試しに醤油につけてみた。

せっかくの深いコクが醤油で台無しになっていた。

(やっぱり塩だ)

両親が喫茶店を経営していた頃、魚通の人がよく通っていた。その人は、刺身は白身だと豪語していた。

《赤身なんて目じゃない。刺身は白身だよ。

タイ？

あんなの、全然うまくない。のどぐろなんか極上だよ》

おれはまぐろの方が美味しいけどなあ、たっぷりと醤油とわさびをつけて食べる方か好きだけど……と、中学生の庸は思っていたけど、あのおじさんの言う通りだった。

確かに、のどぐろは美味い。

クラリッサも、のどぐろの刺身に手をつけていた。美味しいと小さく口が動いた。アイゼナハとインフィニアも、のどぐろを食べている。

デモニア星人には、地球の食べ物はよく合うそうだ。ただ、酸っぱいのは苦手だと言っていた。

庸は一瞬で刺身を平らげると、のどぐろの塩焼きに手をつけた。やはり、甘い。深い味わいである。

のどぐろの煮付けを口に放り込むと、とろけそうな甘さと濃厚なコクがすばらしい勢いで舌に広がってきた。

思わず、頬が惚けた。絶品である。

「これ、美味しいわね。なんて魚？」

「のどぐろ」

クラリッサに答えて、庸はさらにのどぐろの煮付けを口に運んだ。とろけそうなほど甘いコクと脂が口腔にあふれる。

（美味しい……！）

デモニアに入ってよかったぁ！と庸は思った。

修道生を三年間つづけていても、こんな食事には絶対にありつけない。カレーライスだって低コストでつくったルーとにんじんとじゃがいもだらけのもので、お米だっていい味ではない。たぶん、一番まずい米を食わされている。

でも、デモニアでは美味しいものが食べられる。

巨乳の女の子もいっぱい胸を押しつけて、さわらせてくれる。パイズリもしてくれるし、オマンコで射精させてくれる。

（おれ、もっとがんばろう）

庸は強く思った。

2

貸し切りのはずの旅館に、三人組が密かに侵入を果たしていた。武家屋敷の塀を乗り越えて、庭に着地する。

正義の味方、セイント・エージェントである。しかし、むしろただの不審者、不法侵入者である。

「色は変えられなかったのですか？」

詩鶴が、京一郎を見た。

ホワイトグラスの衣装は、純白の上着に純白のスカート。夜闇に白は映える。

「正義の味方が黒には変身できない」

「浴衣にでも着替えて、客に扮して見張っていてください」

呆れたように首を振ると、詩鶴とルミナは建物の中に入った。

向かったのは、無人の客室だった。浴衣を頂戴して、女子トイレに入る。それから、何食わぬ顔で廊下に出た。

「みんな、基地関係者かな……」

おどおどしているのは、ルミナである。

「恐らく」

「暗黒騎士もいるのかな……」

「いるでしょうね」

落ち着いているのは、詩鶴である。肝っ玉が据わっている。

二人は長い廊下を歩いて、浴場の並ぶ一帯にたどり着いた。男湯、家族風呂など、いろんな札が掛かっている。

「庸くん……どこに入ってるかな？」

「一つ一つ確かめるまでです。まずここから入りましょう」

突っ込もうとした詩鶴の腕を、ルミナはつかんだ。

「怖がっているのですか？」

「そこ、女湯だよ」

詩鶴は沈黙した。

3

アイゼナハとインフィニアはテレビを見ていた。芸人たちが雛壇で勢いよくトークを披露している。

クラリッサは、一人で英語の原書——ペーパーバックを読んでいる。日本語の本ではないところに異邦人を感じる。やっぱり外国人なんだなと思う。

庸はバスタオルと手拭いをまとめた。

「また入ってくるの？」

アイゼナハの声に、

「せっかくだから、いっぱい入ってこようと思って」

「さては逢引だな」

インフィニアが冗談を言う。庸は微笑んで、部屋を出た。階段を下りて、長い廊下を歩く。

混浴の暖簾を、庸はくぐった。

(誰かに会うかな)

庸は男性用更衣室に入って、浴衣を脱いだ。トランクスを籠に入れて、手拭いを手にスライド式の戸を引く。

濛々《もうもう》と湯気が立ち込めていた。湯煙が、真っ暗な夜空へ向かって立ち上っている。その湯煙の向こうに、ライトアップされた湯船が見えた。

足許の明かりを頼りに近づいていくと、黒い岩を敷きつめた湯船が見えてきた。ライトアップされて、水色の湯が明るく浮かび上がっている。

湯船の向こうは真っ黒だった。昼間だと、崖とその底の小川が見えるようになっているらしい。冬にはさぞかし雪景色が映えるだろう。

桶をつかんで椅子に腰を下ろすと、庸は軽く身体を洗って湯船に入った。

いい湯加減である。

(こんなところに来られるなんてなあ……)

湯を肌に掛ける。

引き戸を引く音が聞こえた。誰かが入ってきたらしい。

男？

女？

今回の旅行は、庸とバスの運転者をのぞいて、全員女性である。庸のための、一泊二日のハーレムだ。

（誰かな？　知らない奉仕局員かな）

湯煙の向こうで人が立ち止まった。じっと止まっている。

（何だろう？）

思った直後、ひゅっという音とともに両腕に衝撃が走った。背中が岩場に押しつけられる。

両腕を見た庸は、愕然とした。

矢が腕輪のように腕に巻きついて、岩に張りついている。

（え⁉）

一瞬、頭の中が真っ白になった。

何、これ？

なんで？

「ちょ、ちょっと、誰か――」

湯煙の中からコスプレイヤーが現れた。

いや、コスプレイヤーではなかった。ブルーゴージャスとローズスコラ——二人のセイント・エージェントだった。

(ひえ〜っ！　こ、ここ、戦闘区域じゃないじゃん！)

「誰か——」

声を上げる前に、ブルーゴージャスが駆け寄っていた。口を押さえられる。つづいて首に何かを突きつけられた。

とたんに力がなくなる。

(麻酔……？)

つづいてローズスコラが、湯船に入った。庸はくぐもった声を上げた。

こんなところにまで連中は来ていたのか？

やばい。

捕まっちまう。

アイゼナハ様！　インフィニア！　クラリッサ！

「ローズ！」

ブルーゴージャスが叫び、ローズスコラが両脚の間に割って入った。

庸は屈辱を感じた。

正義の味方を前にチンポを曝《さら》け出すとは、これほど恥ずかしく、無防備な姿があろうか。

ローズスコラは、何やら戸惑っている様子である。

目を大きく見開いて、息を呑んでいる。

おれはどうなるのだろう。

まさか、チンポに悪戯されるのだろうか？　あるいは、不能にされるのだろうか？　虚勢ってことはないよな。

どうしよう。おれのチンポ。

「早く！」

ブルーゴージャスの声に、ローズスコラはしゃがみ込んだ。

4

何度も何度もパイズリのビデオは見た。無修正のビデオで予習した。やり方もわかっているはずだった。

だが、エッチなことをするのは、人生初めてなのだ。それも、自分が主導権を握ってのプレーなんて――。

（ど、どうしよう。庸くん、裸だよ……！）

心臓はドキドキしている。

湯気に隠れて見えないが、湯の中に庸のペニスはあるのだ。そして、それを自分は挟まなければならない。

庸くんなら……と自分で言いだしたルミナだったが、いざその時が来ると、緊張で動けなかった。肝心な時に電源が切れてしまった機械みたいだ。

「早く！」

詩鶴に言われて、ルミナは湯船にしゃがみ込んだ。詩鶴の《緊縛の矢》《ボンテージ・アロー》が、庸の両手両脚を拘束している。すでに左右の太腿は開いている。

（やっぱり無理……！）

こんなことしたら、ただのエロ気違いに思われちゃう！

「ローズ！　志願したのはあなたですよ！」

言われて、ルミナは頬を叩いた。

そうだ。

しっかりしなきゃ。相手は知らない人じゃないもん。庸くんだもん。庸くんなら、平気なんだもん。それに、正義の服を着ていたら、絶対バレないもん。

ルミナは庸に近づいた。湯船の中で膝を突く。

庸は腰をくねらせて逃れようとしているが、麻酔を打たれてあまり動けないらしい。

ルミナは前に進んだ。

(ごめん、庸くん……)

太腿をつかんだ。

胴体を密着させてから、両手でバストをつかんだ。そのまま挟もうとしてうまくいかないことに気づいた。

(お、男の人のオチンチン初めて……)

ドキドキしながら、庸のペニスに手を伸ばした。

触れた。

ペニスはそれほど大きくない。

(こんな大きさだったかな……ビデオではもっと大きかったけど)

非常事態に庸が緊張してペニスが収縮しているという知識は、ルミナにはない。でも、がんばってペニスを近づけて挟んでみた。

ふいに、むくむくとペニスが谷間の中で成長した。

(わっ!)

まるで魔法である。

乳房を離してみると、ペニスは最初の時より遥かに膨張している。

(お、おっきくなった……す、凄い……)

戦《おのの》きながら、もう一度ペニスをつかんで乳房で挟み込んだ。今度はもっとうまく包み込めた。

(庸くんのオチンチン、こんなに大きいんだ……)

少し感動してしまった。

大好きな人のオチンチンなのだ。

(揺さぶっちゃえばいいんだよね?)

ルミナは、両手でバストをずり動かしてみた。Ｉカップの豊球が、ゆっくりと上下に動いていく。胸の中で、ずりゅっ、ずりゅっとペニスがこすれる。

(硬い……!)

「くぁっ……ちょ、ちょっと、何……?」

庸が呻き声を洩らした。

「痛い?」

思わず聞いてしまった。

「痛くないけど……」

よかった!

ビデオでは、確か思い切り乳房を弾ませていた。

(がんばってみよう)

ルミナはさらに乳房をずり動かしてみた。両手で谷間に向かって強く乳房を押しつけて、ずりずりと動かす。

「あぅっ……」

庸が悶えた。

ひょっとして気持ちいい？

「気持ちいいの……？」

聞いてみた。

「き、気持ち……」

さらにつづけて乳房をこすってみた。上下にIカップ乳を弾ませてみる。

「あぅぅっ……！」

きっと気持ちいいんだ！

（もっとやっちゃう！）


庸は突然の展開に戦いていた。エージェントが非戦闘地域の旅館に現れたのも驚きだったが、庸にパイズリをしてきたのだ。

てっきり自分を捕まえると思ったのに。自分のチンポに危害を加えると思ったのに。快感を加えようとは……！

どういう風の吹き回し？

「庸くん、ごめん」

ローズスコラの声に、さらに庸は度肝を抜かれた。

な、な、なぜ、おれの名前を⁉

エージェントにバレてる⁉

ローズスコラが乳房を強く押しつけてきた。不器用な手で乳房を寄せ、双乳を揺らす。

(あぅっ……)

思わず腰を突き上げてしまった。

気持ちいい。

相手はあの爆乳のローズスコラである。ピチピチに張った形のいい爆乳にしごかれているのだ。

「ど……どう……?　い、いけそう……?」

ドキドキしながらブルーゴージャスが言う。

「う、うん……なんとなくわかってきた感じ……」

ローズスコラが答えて、乳房を揺さぶりまくる。最初の時と違って、どんどん手慣れてきている。ただゆっくりと乳房をずり動かしていたのが、しっかりペニスを挟み込んで、ばいんばいんと乳房をバウンドさせている。

(それだめ……揺さぶりすぎぃ……)

庸は悶えた。快感の粒子が、ペニスの奥でちりちりとわめいている。

相手は敵。

正義の味方。

なのに、パイズリは気持ちよかった。様子から見ると相手は人生初めてのパイズリらしいのだが、とてもそうは思えないほど気持ちいい。

パイズリが凄いのではない。

乳房が凄いのだ。ムチムチの肌が乳房に吸いついて、豊潤な乳肌と弾力をこすりつけてくるのである。

正義の味方を相手に、イッてはならぬ、となぜか庸は思った。

相手は敵。

敵のパイズリに落ちるものか。

しかし――

(くぁっ……イキそう……)

ちりちり感はさらに強まっていた。肉棒全体がじゅんじゅんして、快感の電流が通電を始めている。

「早くイッて……はぁ、はぁ……」

ローズスコラが激しくバストを弾ませる。

「ああっ、それだめぇ……」

「こう？」

さらに激しく乳房を揺さぶられた。

「だから、それ、だめ……イク……！」

「イッて……お願い、庸くん……!!」

ローズスコラが乳房を揺さぶりまくった。ムチムチの肌とピチピチの弾力が、容赦なくペニスを責め立てる。どこかで聞いた声だと思ったが、快感にすぐ流された。庸は呻き、ついに射精していた。

「きゃっ！」

ローズスコラがかわいい声を上げる。ブルーゴージャスも何やら声を上げたようである。

「す、凄い……」

と言ったのは、ローズスコラである。

「で、出た……」

と言ったのは、ブルーゴージャスである。

「こ、これで、終わりなの？」

ブルーゴージャスの問いに、

「ううん……三回つづけてしないとだめって……」

またバストを揺さぶってきた。

「んぁぁっ……なんで正義の味方がパイズリなんかしてるんだよ……」

「仲間になってほしいの」

「パイズリされても仲間にならないっ……」

「仲間にするんだからっ……ンッ、あぁんっ……」

ローズスコラがさらに乳房を揺さぶりまくる。

凶悪なバストであった。

理奈よりもクラリッサよりも、ボリュームがある。Ｇカップなんてものではない。Ｉカップ？　まさか、Ｊカップ？

庸は右に左に腰をくねらせたが、ペニスはすっかり挟み込まれている。

「気持ちいいの……？」

息をつきながらローズスコラが尋ねてきた。

「気持ちよくないっ……あぅっ……」

「痛かった？」

「痛くないっ……やめて……イッちゃう……」

「イッて……お願い……」

さらに激しくバストを揺さぶった。また快感の粒子がペニスに収束していく。じぃんとペニス全体が気持ちよくなって、ふいに尿道口へ向かって快感の束が動きだす。

(だめ、イク……！)

あえなく庸は射精していた。

「あと一回……」

ブルゴージャスは呆気に取られている。両腕を拘束していた矢が緩んだ。ブルーゴージャスは気づいていない。

(いける？)

またロースズコラがこすりだし、庸は思い切り腕を上げた。

抜けた！

「あっ！」

ローズスコラの仮面に手を伸ばした。

(正体、見てやる！)

慌てて庸の手を捕まえようとしたが、庸の方が早かった。

仮面が剥がれ、

「きゃっ！」

「嘘！」

二人は同時に叫んだ。

ローズスコラが慌てて顔を隠そうとする。庸は両手でローズの腕をさえぎる。

(嘘だろ？　絶対嘘だろ？)

ローズスコラの顔を見た。

嘘ではなかった。

相手は、何度も自分を心配してくれ、おにぎりも渡してくれた同じ中学出身の同級生、聖ルミナだったのだ。

「なんで……」

問いは答えられなかった。ブルーゴージャスが庸の両腕を再び拘束していたのだ。

「うわっ、放せ！」

「ローズ、早く！」

ルミナは再び仮面を着け直すと、乳房を揺さぶりはじめた。

「やめて、ルミナちゃん、なんでこんなこと――」

「ごめん、だめなの……」

ルミナのパイズリがピッチを上げ、乳房が揺れまくった。庸は悶えた。

相手はローズスコラ。でも、聖ルミナ。

自分がずっと倒そうとしていた相手、胸をさわっていた相手はルミナだったというのか……？

「やめて、ルミナちゃん……イク……」

「イッて……！」

推定Ｉカップ以上のバストがバウンドし、ペニスが激しくこすられた。とろけそうな乳塊の摩擦がどんどん加速していく。

（だめ、イクぅ……！）

両腕を拘束され、天井を見ながら、庸は右に左に腰をよじった。

あとがき

ようやく『揉ませてよオレの正義』の第三巻です！

非常に悔しい！

ぼくも編集さんもこんなペースで出す予定ではなかったのだけれど——原稿は二〇一三年の一一月には上がっていたのだけれど——イラストレーター変更というコンボのために、みなさんにお届けするのがこんなに遅くなってしまいました。

今回から、イラストはＫｌｏａｈ君が担当してくれることになりました。彼は筋金入りの巨乳フェチです。そして、実は数年前に喫茶店で会っています。その時からいい乳絵を描くなあと思って見ていました。今回、いっしょに仕事できるようになったことを、本当にうれしく思っています。みんなもＫｌｏａｈ君の絵を楽しんでください。


さて。

今回もまたやってしまったよ。

毎回毎回プロットにはヒイヒイ言わされるけど——今回、執筆の二カ月半前には完成させていて、執筆前にも二度見直して作業に入ったんだけど——完成予定三日前に「つまんねえ」と言って、またプロットを立て直してしまった。

うっちゃりがないようにしようと執筆中もプロットを見直していたのに、何のための見直しだったのだ?

やはり、爆乳の嫁さんが必要だな。

いや。意味わかんねえ。

強化したのは、クラリッサの流れとエージェントAの流れです。今回、とんでもない設定を出しちゃったので、その分の流れを整理しておかないとね。

今回はクラリッサとルミナの話です。

ずっと蚊帳の外に置かれてきたルミナが、メインへ昇格? そして、第一巻の表紙を飾りながらメインヒロインを理奈に譲ってきたクラリッサが、ついに……。

こんな結末になっちゃったけど、第四巻はどうなるのでしょうか。教えてエロい人。それ、おれか。

では、第四巻をお楽しみに!

最後に編集のY君とMさんとイラストのＫｌｏａｈ君と校正さん、そして早咲沙羅さんにお礼を申し上げて、いつもの締めで終わりたいと思います。

じ～～～～く・ボイン!


二〇一四年六月二十五日、ワールドカップを見ながら

ぷちぱら文庫 Creative
揉《も》ませてよオレの正義《ジャスティス》3

2014年 7月30日　初版第1刷 発行

■著　　者　鏡裕之
■イラスト　Kloah

発行人：久保田裕
発行元：株式会社パラダイム
〒166-0011
東京都杉並区梅里2-40-19
ワールドビル202
TEL 03-5306-6921

印 刷 所：中央精版印刷株式会社

PPC055

揉ませてよオレの正義《ジャスティス》
オレの未来に美乳が待っている!
ぷちぱら文庫
Creative 012
著 鏡裕之 画 遠矢大介
定価 670円(税込)

濁川庸の生活は底辺に位置していた。学院では特別生の付き人、悪の組織デモニア救星団では下っ端として雑用の毎日。暗黒騎士たちの大きなおっぱいに囲まれていたが、眺めることしかできず歯がゆい思いを抱いていた。そんな庸に急遽行われた戦闘テストは憧れのおっぱいを揉むことができるチャンスだ！　栄光とおっぱいを掴むサクセスストーリーが、ついに始まった。

揉ませてよオレの正義《ジャスティス》
2